U0729277

小学生新课标经典阅读汇

妈妈，您辛苦了！

让孩子懂得感恩的好故事

崔钟雷　主编

黑龙江美术出版社

图书在版编目(CIP)数据

妈妈，您辛苦了！让孩子懂得感恩的好故事／崔钟雷编. -- 哈尔滨：黑龙江美术出版社，2016.5（2018.6 重印）
（小学生新课标经典阅读汇）
ISBN 978-7-5318-8487-3

Ⅰ. ①妈… Ⅱ. ①崔… Ⅲ. ①儿童故事－作品集－世界 Ⅳ. ①I18

中国版本图书馆 CIP 数据核字（2016）第 122185 号

书　　名／妈妈，您辛苦了！让孩子懂得感恩的好故事

主　　编／崔钟雷
策　　划／钟　雷
副 主 编／王丽萍　苏　林　贾文婷
责任编辑／谢淑萍
装帧设计／稻草人工作室
出版发行／黑龙江美术出版社
地　　址／哈尔滨市道里区安定街 225 号
邮政编码／150016
编辑版权热线／（0451）55174988
销售热线／4000456703　（0451）55183001
网　　址／www.hljmscbs.com
经　　销／全国新华书店

印　　刷／北京一鑫印务有限责任公司
开　　本／650mm × 960mm　1/16
印　　张／9
字　　数／90 千字
版　　次／2016 年 5 月第 1 版
印　　次／2018 年 6 月第 2 次印刷
书　　号／ISBN 978-7-5318-8487-3
定　　价／29.80 元

本书如发现印装质量问题，请直接与印刷厂联系调换。

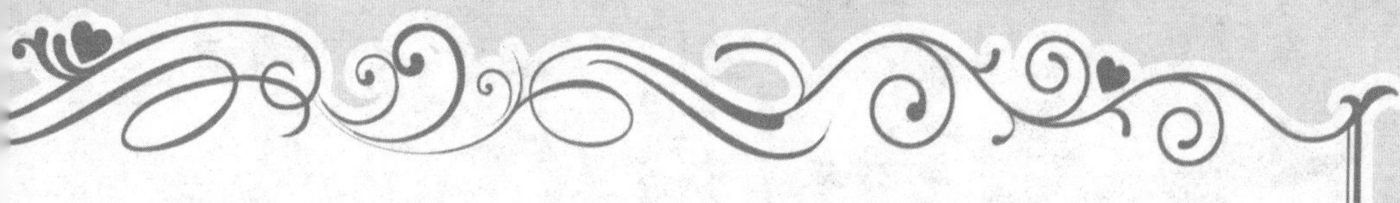

前 言

图书是孩子的良师益友，是孩子成长路上最忠诚的旅伴，选择好的图书就像拥有了能遨游广阔天空的万能钥匙，旋转钥匙，五彩斑斓的天空将为你打开！

你即将走进的是一个丰富多彩的世界。这里有享誉全球的经典童话，有传承千百年的国学经典，有小学生感兴趣的科普知识，也有我们耳熟能详的世界名著，还有砥砺成长的励志故事，让人目不暇接，惊喜不断。

我们陪伴你来到书的海洋，见识到了人文趣事，揭示了大自然的神奇奥秘，了解了每一个故事中蕴含的人生哲理，让你学会观察、思考和判断，使你丰富大脑、增加智慧。

本套丛书内容翔实，涉猎面广，能够很大程度地开阔孩子们的视野，丰富孩子们的知识储备。同时，本套书版式设计精美，无论插画配图还是文字处理，都是市面上难得一见的专为少儿打造的优质书系。

书籍是人类记录事物的主要工具，也是人们传达感情，交流智慧的媒介，好的书籍更是孩子成长必不可少的养料，就让优秀的图书伴随孩子快乐成长吧！

目录

目录

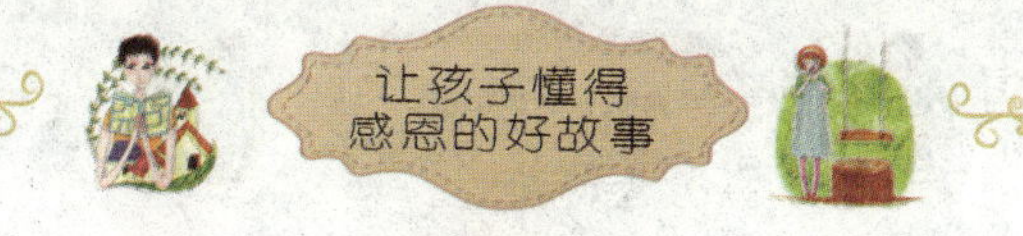

鲁班学艺

佚名

lǔ bān shì jiàn zhù gōng jiàng mù jiàng de zǔ shī
鲁班是建筑工匠、木匠的“祖师”。
lǔ bān cóng xiǎo jiù ài xué xí fù qīn zuò le gè dà guì zi
鲁班从小就爱学习。父亲做了个大柜子，
tā jiù zhào zhe zuò le gè xiǎo guì zi fù qīn zuò le tiáo dà
他就照着做了个小柜子；父亲做了条大
bǎn dèng tā jiù zhào zhe zuò le tiáo xiǎo bǎn dèng
板凳，他就照着做了条小板凳。

lǔ bān suì shí yǒu gè lín jū quàn tā fù qīn
鲁班10岁时，有个邻居劝他父亲
shuō lǔ bān zhè hái zi xīn líng
说：“鲁班这孩子心灵
shǒu qiǎo nǐ jiù ràng tā
手巧，你就让他
xué diǎnr shǒu yì
学点儿手艺，
gēn nǐ zuò gè
跟你做个
bāng shou ba
帮手吧！”
yú shì fù
于是，父

qīn jué dìng sòng tā qù shǒu yì gèng qiáng de rén nà lǐ xué xí
亲决定送他去手艺更强的人那里学习。

lǔ bān suì shí fù qīn sòng tā dào zhōng nán shān qù zhǎo chū míng de mù jiàng zǔ shī xué shǒu yì shī fu shuō hǎo wǒ jiù shōu xià nǐ zhè ge tú di nǐ xiān bǎ dùn le de fǔ tóu bào zi hé záo zi mó kuài lǔ bān yú shì wǎn qǐ xiù zi mó le qǐ lái bái tiān mó wǎn shang mó yì lián mó le tiān yè cái mó wán
鲁班12岁时，父亲送他到终南山去找出名的木匠祖师学**手艺**。师傅说："好，我就收下你这个徒弟。你先把钝了的斧头、刨子和凿子磨快。"鲁班于是挽起袖子，磨了起来。白天磨，晚上磨，一连磨了7天7夜才磨完。

shī fu shuō nǐ zài qù bǎ mén qián nà kē dà shù kǎn dǎo lǔ bān zài shù xià kǎn le qǐ lái hǎo bù róng yì cái bǎ dà shù kǎn dǎo
师傅说："你再去把门前那棵大树砍倒。"鲁班在树下砍了起来，好不容易才把大树砍倒

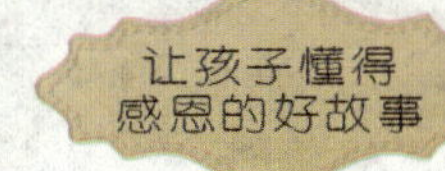

了。师傅又**吩咐**（口头指派或命令；嘱咐）：“你把那棵大树砍成一根屋梁，要砍得又光又圆。”鲁班连砍了几天几夜，才把大树砍成一根又光又滑的屋梁。

这时，师傅又说了：“你要在大梁上凿2 400个眼子，600个方的，600个圆的，600个三角的，600个扁的。”鲁班凿得木花乱飞，一连凿了12天12夜，凿成了2 400个眼子。师傅看了，笑眯眯地说：“好孩子，什么也难不倒你，你做得很好啊！我一定把自己会的都教给你。”

三年过去了，鲁班

鲁班上山学艺的过程是吸收知识的过程，也是改变认识的过程。他脚踏实地按照老师的要求去做，并举一反三，学有所成。“学习是一辈子的事”，相信这句话对每个人都会有所启发。

gēn shī fu xué huì le zuò gè shì gè yàng de mó xíng bú liào
跟师傅学会了做各式各样的模型。不料，
shī fu yì bǎ huǒ bǎ mó xíng dōu shāo le yào lǔ bān chóng xīn
师傅一把火把模型都烧了，要鲁班重新
zuò chu lai lǔ bān xiǎng le xiǎng yí yàng yàng quán dōu
做出来。鲁班想了想，一样样全都
chóng xīn zuò le chū lái shī fu yòu tí chū xǔ duō xīn de shì
重新做了出来。师傅又提出许多新的式
yàng lǔ bān yì zuó mo yě dōu zuò chu lai
样，鲁班一**琢磨**（思索，考虑），也都做出来
le shī fu jué de hěn mǎn yì jiù shuō lǔ bān nǐ de
了。师傅觉得很满意，就说：“鲁班，你的
shǒu yì xué hǎo le gāi xià shān le lǔ bān hái xiǎng zài
手艺学好了，该下山了。”鲁班还想再
xué xiē dōng xi shī fu xiào le shuō xué xí shì yí bèi
学些东西，师傅笑了，说：“学习是一辈
zi de shì yǐ hòu yì biān zuò yì biān xué ba zài wǒ zhè lǐ
子的事，以后一边做一边学吧，在我这里
yǐ jīng xué bu dào shén me le lǔ bān zhè cái hán zhe yǎn
已经学不到什么了。”鲁班这才含着眼
lèi bài bié le shī fu xià shān le
泪，拜别了师傅，下山了。

lǔ bān yì shēng dōu jì zhù le shī fu de huà xiū qiáo
鲁班一生都记住了师傅的话，修桥
liáng zào fáng zi wèi rén men zuò le xǔ duō hǎo shì
梁，造房子，为人们做了许多好事。

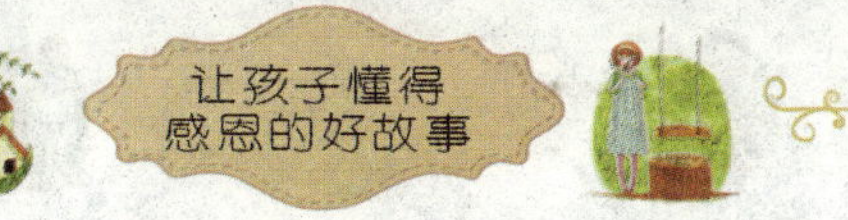

燃烧成功的欲望

佚名

měi guó rén yuē hàn fù lè de gù shi shēn shēn de yǐng
美国人约翰·富勒的故事深深地影
xiǎng le wǒ fù lè jiā zhōng yǒu gè xiōng dì jiě mèi tā
响了我。富勒家中有7个兄弟姐妹。他
cóng suì kāi shǐ gōng zuò suì shí jiù huì gǎn luó zi tā
从5岁开始工作，9岁时就会赶骡子。他
yǒu yí wèi liǎo bu qǐ
有一位了不起
de mǔ qīn tā jīng
的母亲。她经
cháng hé ér zi tán
常和儿子谈
dào zì jǐ de mèng
到自己的梦
xiǎng wǒ men bù
想：“我们不
yīng gāi zhè me qióng
应该这么穷。
bú yào shuō pín qióng
不要说贫穷
shì shàng dì de zhǐ
是上帝的旨

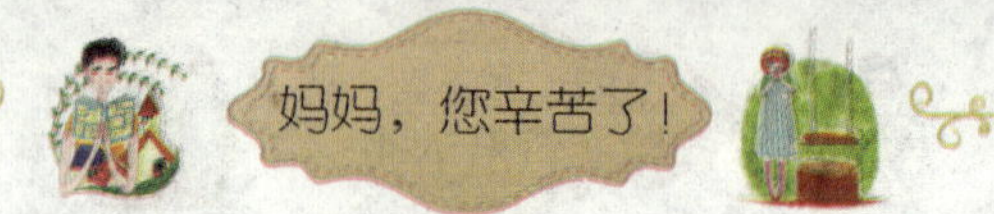

意，我们很穷，但不能**怨天尤人**（埋怨上天，怪罪别人。形容对不如意的事情一味归咎于客观），那是因为你爸爸从未有过改变贫穷的欲望，家中每一个人都**胸无大志**（心里没有远大志向）。”这些话**深植**于富勒的心中，他一心想跻身于富人之列。于是，他开始努力追求财富。12年后，富勒接手一家被拍卖的公司，并且陆续收购了7家公司。

谈及成功的秘诀，他还是

yòng duō nián qián mǔ qīn de huà huí
用多年前母亲的话回
dá wǒ men hěn qióng dàn bù
答："我们很穷，但不
néng yuàn tiān yóu rén nà shì yīn wèi
能怨天尤人，那是因为
nǐ bà ba cóng wèi yǒu guo gǎi biàn
你爸爸从未有过改变
pín qióng de yù wàng jiā zhōng měi
贫穷的欲望，家中每
yí gè rén dōu xiōng wú dà zhì
一个人都胸无大志。"
fù lè zài duō cì shòu yāo yǎn jiǎng
富勒在多次受邀演讲
zhōng shuō dào suī rán wǒ bù
中说道："虽然我不
néng chéng wéi fù rén de hòu dài dàn wǒ kě yǐ chéng wéi fù
能成为富人的后代，但我可以成为富
rén de zǔ xiān
人的祖先。"

心中有远大的志向，加之不断地努力，未来的路才会更宽阔，才会更容易接近成功。

"不能成为富人的后代，就去做富人的祖先"，这并不是简单的豪言壮语，而是对未来的希望，这个希望建立在不拘泥于现在，勇敢地突破贫穷、积累财富的勇气和斗志的基础上。

享受痛楚

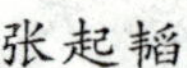

张起韬

美国西海岸边境城市圣迭戈的一家医院里，住着因外伤而全身瘫痪的威廉·马修。每天早晨，他都要承受来自身体不同部位将近一个小时的疼痛煎熬。年轻的女护士因马修所经受的痛苦难过得以手掩面，**目不忍睹**。马修说：“钻心的刺痛固然难忍，但我还是感激它——痛楚让我感到我还活着！”

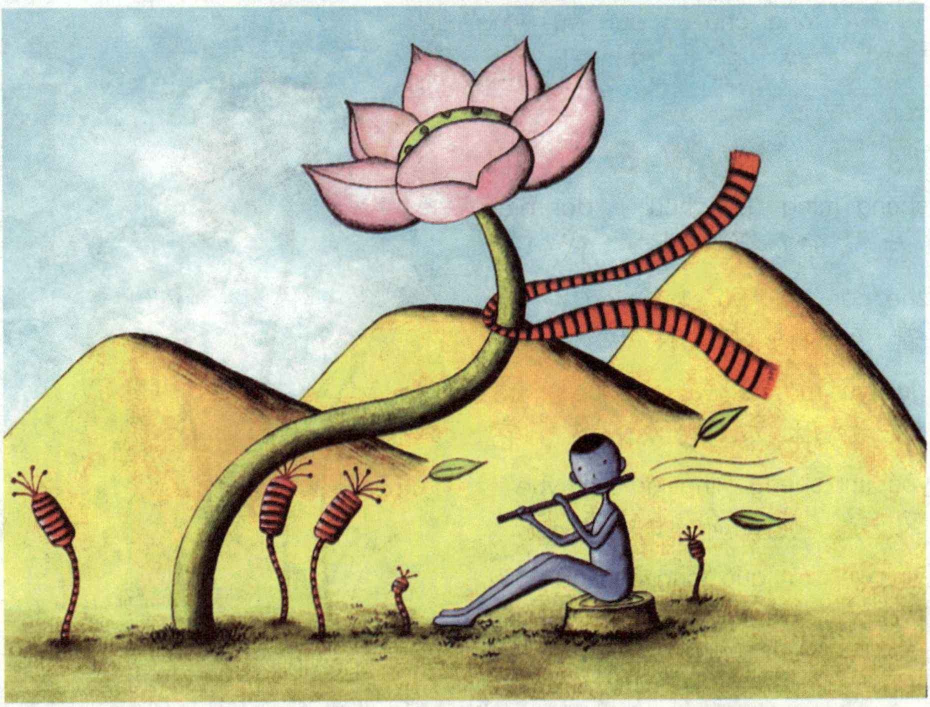

dāng zāi nàn jiàng lín dào shēng mìng de guò chéng lǐ
当灾难降临到生命的过程里，
miàn duì tòng chǔ dà duō shù rén gǎn dào de shì bú xìng shì
面对痛楚，大多数人感到的是不幸，是
shī wàng biǎo xiàn de shì āi yuàn shì tuí fèi
失望，表现的是哀怨，是**颓废**（意志消沉，精
ér mǎ xiū cóng tòng chǔ zhōng fā xiàn xǐ yuè zhè sì
神萎靡）。而马修从痛楚中发现喜悦，这似
hū yǒu diǎnr zì nüè bān de huāng táng dàn zhì shēn mǎ xiū
乎有点儿自虐般的荒唐。但置身马修
de chǔ jìng jiù zhī dào zhè tòng shì yí dù tān huàn de shén jīng
的处境，就知道这痛是一度瘫痪的神经
de sū xǐng shì chóng xīn huī fù shēng mìng huó lì de xī wàng
的苏醒，是重新恢复生命活力的希望。

tòng chǔ duì yú yīng gē
痛楚，对于莺歌
yàn wǔ fēng hé rì lì de
燕舞、风和日丽的
shēng mìng lǜ zhōu dài biǎo
生命绿洲，代表
zhe cán kù yǔ bú xìng dàn
着残酷与不幸。但
duì yú má mù wú zhī jué tā
对于麻木无知觉，它
yòu shì shēng mìng de xǐ yuè
又是生命的喜悦。
yīn wèi rú guǒ tòng chǔ gǎn shì
因为如果痛楚感是
yí chù duàn bì cán yuán de huà wú
一处断壁残垣的话，无
zhī wú jué de má mù zé wú yì yú
知无觉的麻木则无异于
sǐ jì de gē bì shā mò
死寂的戈壁沙漠。

zì cóng pān duō lā mó hé dǎ
自从潘多拉魔盒打
kāi hòu rén jiù yào miàn duì tài duō
开后，人就要面对太多
de tòng wǒ men bù néng zàn měi tòng
的痛。我们不能赞美痛
chǔ dàn tā zuò wéi shēng mìng de yì
楚，但它作为生命的一
zhǒng gǎn jué cóng yí gè duì lì de
种感觉，从一个对立的

成长悟语

不曾经历，不成经验。没有经历过痛苦的人生是乏味的，是苍白无力的。只有把痛苦当作养料，浇灌希望与梦想，你的人生之树才会枝繁叶茂。

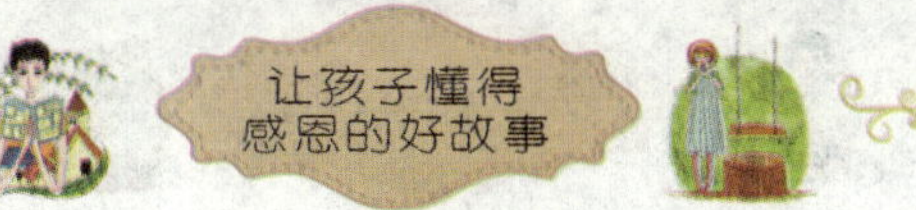

角度激励着生命，诠释着生命。一个未经历痛楚的人，必然对幸福缺乏判断能力；一个不能感知痛苦的人，同样对追求缺乏方向感。

你为无所适从的“新潮”冲击而苦闷吗？为邪教和恐怖的**肆虐**（任意残杀或迫害；起破坏作用）而痛心吗？为某些权力的异化而愤怒吗？为人欲的泛滥而疾首吗？为正义的乏力、道德的退隐而蹙额吗？这些都证明你的思想能力、道德良知、社会责任感没有麻木！你为不断膨胀的知识感到疲倦吗？为剧烈的竞争感到劳累吗？为下岗的危机感到担忧吗？这都证明你的自尊、自强、自制、自

通过对比的手法来说明痛楚对于一个人感受生命的影响。

lì de líng hún hái huó zhe
立的**灵魂**还活着！

shí shí yú yuè gù rán néng shǐ rén shēng měi lì tòng
时时愉悦固然能使人生美丽，痛
kǔ zhào yàng kě yǐ shǐ rén shēng càn làn chù chù xìng yùn gù
苦照样可以使人生灿烂；处处幸运固
rán néng jiāng shēng mìng de jià zhí tuō qǐ kùn nan tóng yàng
然能将生命的价值托起，困难同样
kě yǐ bǎ shēng mìng de jià zhí tí shēng zhǐ yào nǐ
可以把生命的价值提升——只要你
néng xiàng mǎ xiū yí yàng cóng tòng chǔ zhōng fā xiàn xǐ
能像马修一样，从痛楚中发现喜
yuè cóng kùn nan zhōng zhǎo dào jī qíng
悦，从困难中找到激情！

父亲的眼睛

阿　易

有一个男孩儿，他与父亲**相依为命**，父子感情特别深。

男孩儿喜欢橄榄球。虽然球场上常常是板凳队员，但他的父亲仍然场场不落地前来观看，每次比赛都在看台上为儿子鼓劲儿。

整个中学时期，男孩儿没有误过一场训

liàn huò zhě bǐ sài dàn
练或者比赛，但
tā réng rán shì yí gè bǎn
他仍然是一个板
dèng duì yuán ér tā de
凳队员，而他的
fù qīn yě yì zhí zài gǔ
父亲也一直在鼓
lì zhe tā
励着他。

dāng nán háir jìn rù dà xué tā cān jiā le xué xiào
当男孩儿进入大学，他参加了学校
gǎn lǎn qiú duì de **xuǎn bá** sài néng jìn rù qiú duì nǎ pà
橄榄球队的**选拔**赛。能进入球队，哪怕
shì pǎo lóng tào tā yě yuàn yì rén men dōu yǐ wéi tā bù
是跑龙套他也愿意。人们都以为他不
xíng kě zhè cì tā chéng gōng le jiào liàn tiāo xuǎn le tā
行，可这次他成功了——教练挑选了他
shì yīn wèi tā yǒng yuǎn dōu nà me yòng xīn de xùn liàn tóng shí
是因为他永远都那么用心地训练，同时
hái bú duàn gěi bié de tóng bàn dǎ qì
还不断给别的同伴打气。

dàn nán háir zài dà xué de qiú duì li hái shi yì zhí
但男孩儿在大学的球队里，还是一直
méi yǒu shàng chǎng de jī huì zhuǎn yǎn jiù kuài bì yè le
没有上场的机会。转眼就快毕业了，
zhè shì nán háir zài xué xiào qiú duì de zuì hòu yí gè sài jì
这是男孩儿在学校球队的最后一个赛季
le yì chǎng dà sài jí jiāng lái lín
了，一场大赛即将来临。

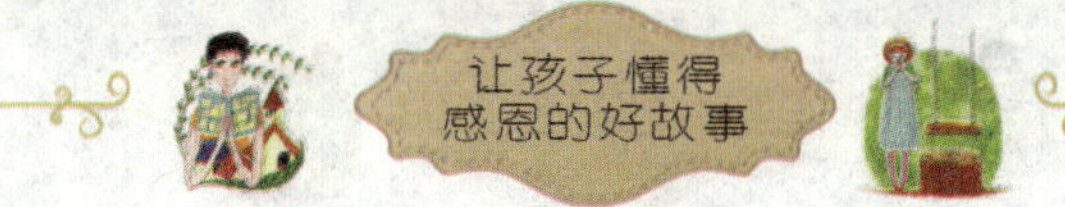

nà tiān nán háir xiǎo pǎo zhe lái dào xùn liàn chǎng
那天，男孩儿小跑着来到训练场，
jiào liàn dì gěi tā yì fēng diàn bào nán háir kàn wán diàn
教练递给他一封电报。男孩儿看完电
bào tū rán biàn de sǐ yì bān **chén mò** tā pīn mìng rěn zhù
报，突然变得死一般**沉默**。他拼命忍住
kū qì duì jiào liàn shuō wǒ fù qīn jīn tiān zǎo shang qù
哭泣，对教练说：“我父亲今天早上去
shì le wǒ jīn tiān kě yǐ bù cān jiā xùn liàn ma jiào liàn
世了，我今天可以不参加训练吗？”教练
wēn hé de lǒu zhù nán háir de jiān bǎng shuō zhè yì
温和地搂住男孩儿的肩膀，说：“这一
zhōu nǐ dōu kě yǐ bù lái hái zi xīng qī liù de bǐ sài yě
周你都可以不来。孩子，星期六的比赛也
kě yǐ bù lái
可以不来。”

xīng qī liù dào le nà chǎng qiú sài dǎ de shí fēn jiān
星期六到了，那场球赛打得十分艰
nán dāng bǐ sài jìn xíng dào de shí hou nán háir suǒ
难。当比赛进行到3/4的时候，男孩儿所
zài de duì yǐ jīng shū le fēn jiù zài zhè shí yí gè chén
在的队已经输了10分。就在这时，一个沉
mò de nián qīng rén
默的年轻人
qiāo qiāo de pǎo jìn
悄悄地跑进
kōng wú yì rén de
空无一人的
gēng yī jiān huàn
更衣间，换

上了他的球衣。当他跑上球场边线，教练和场外的队员们都惊异地看着这个满脸自信的队员。

“教练，请允许我上场，就今天！”男孩儿**央求**（恳求）道。教练假装没有听见。今天的比赛太重要了，差不多可以决定本赛季的胜负，他当然没有理由让最差的队员上场。但是男孩儿不停地央求，教练终于让步了，觉得再不让他上场实在有点儿对不住这孩子了。

“好吧，”教练说，“你上去吧！”

很快，这个身材瘦

想让父亲“看见”自己比赛的心愿使得男孩儿在球赛中超常发挥，可见父亲在小男孩儿心目中的地位。懂事的孩子，没有辜负父亲对他的期望。只要你愿意，你也会成为让父母骄傲的好孩子。

xiǎo cóng wèi shàng guo
小、从未上过
chǎng de qiú yuán zài
场的球员，在
chǎng shang bēn pǎo guò
场上奔跑，过
rén lán zhù duì fāng dài
人，拦住对方带
qiú de duì yuán jiǎn zhí
球的队员，简直
jiù xiàng qiú xīng yí yàng tā suǒ zài de qiú duì kāi shǐ zhuǎn
就像球星一样。他所在的球队开始**转**
bài wéi shèng hěn kuài bǐ fēn dǎ chéng le píng jú jiù zài bǐ
败为胜，很快比分打成了平局。就在比
sài jié shù qián de jǐ miǎo zhōng nán háir yí lù kuáng bēn
赛结束前的几秒钟，男孩儿一路狂奔
chōng xiàng dǐ xiàn dé fēn yíng le nán háir de duì yǒu
冲向底线，得分！赢了！男孩儿的队友
men gāo gāo de bǎ tā pāo qi lai kàn tái shang qiú mí de
们高高地把他抛起来，看台上球迷的
huān hū shēng rú shān hóng bào fā
欢呼声如山洪暴发！

dāng kàn tái shang de rén men jiàn jiàn zǒu kōng duì yuán
当看台上的人们渐渐走空，队员
men mù yù yǐ hòu yī yī lí kāi le gēng yī jiān jiào liàn zhù
们沐浴以后一一离开了更衣间。教练注
yì dào nán háir ān jìng de dú zì yì rén zuò zài qiú chǎng
意到，男孩儿安静地独自一人坐在球场
de yì jiǎo jiào liàn zǒu jìn tā shuō hái zi wǒ jiǎn zhí
的一角。教练走近他，说："孩子，我简直

bù gǎn xiāng xìn　nǐ jiǎn zhí shì gè qí jì　gào su wǒ nǐ shì
不敢相信，你简直是个**奇迹**！告诉我你是
zěn me zuò dào de
怎么做到的？”

nán háir　kàn dào jiào liàn　lèi shuǐ yíng mǎn le tā de
男孩儿看到教练，泪水盈满了他的
yǎn jing　tā shuō　nín zhī dào wǒ fù qīn qù shì le　dàn shì nín
眼睛。他说：“您知道我父亲去世了，但是您
zhī dào ma　wǒ fù qīn gēn běn jiù kàn bu jiàn　tā shì máng rén
知道吗？我父亲根本就看不见，他是盲人！

fù qīn zài tiān shàng　tā dì yī cì néng zhēn zhèng de
“父亲在天上，他第一次能真正地
kàn jiàn wǒ bǐ sài le　suǒ yǐ　wǒ xiǎng ràng tā zhī dào　wǒ
看见我比赛了！所以，我想让他知道，我
néng xíng
能行！”

天使的吻痕

詹姆斯·摩尔　荣素礼　编译

dà xué shí dài　wǒ
大学时代，我
rèn shi le yí gè nián qīng
认识了一个年轻
rén　tā liǎn shang yǒu yí
人，他脸上有一
kuài jù dà ér chǒu
块巨大而丑
lòu de tāi jì
陋的**胎记**（人体上生来就有的深颜色的斑）。
zǐ hóng de tāi jì cóng tā de
紫红的胎记从他的
zuǒ cè yǎn jiǎo yì zhí yán shēn dào zuǐ chún　hǎo xiàng yǒu rén zài
左侧眼角一直延伸到嘴唇，好像有人在
tā liǎn shang shù zhe huá le yì dāo　yīng jùn de liǎn yóu yú tāi
他脸上竖着划了一刀。英俊的脸由于胎
jì ér biàn de zhēng níng　xià rén　dàn wài biǎo de
记而变得**狰狞**（面目凶恶）吓人。但外表的
quē xiàn yǎn gài bù liǎo zhè ge nián qīng rén yǒu shàn　yōu mò
缺陷掩盖不了这个年轻人友善、幽默、
jī jí xiàng shàng de xìng gé　fán shì hé tā dǎ guo jiāo dào
积极向上的性格。凡是和他打过交道

de rén dōu huì bù yóu zì zhǔ de xǐ huan shàng tā tā hái
的人，都会不由自主地喜欢上他。他还
jīng cháng cān jiā yǎn jiǎng gāng kāi shǐ guān zhòng de biǎo
经常参加演讲，刚开始，观众的表
qíng zǒng shì jīng yà kǒng jù dàn děng dào tā jiǎng wán rén
情总是惊讶、恐惧，但等到他讲完，人
rén dōu xīn yuè chéng fú chǎng xià zhǎng shēng léi dòng měi
人都**心悦诚服**，场下掌声雷动。每
dāng zhè shí wǒ dōu àn àn tàn fú tā de yǒng qì nà kuài
当这时，我都暗暗叹服他的勇气。那块
tāi jì yí dìng céng dài gěi tā shēn shēn de zì bēi bìng bú
胎记一定曾带给他深深的自卑。并不
shì měi gè rén dōu néng kè fú zhè me yán zhòng de xīn lǐ zhàng
是每个人都能克服这么严重的心理障
ài zài zhòng rén jīng yí de mù guāng li yán tán zì rú
碍，在众人惊疑的目光里言谈自如。

wǒ men chéng wéi zuì hǎo de péng you hòu yǒu yì tiān
我们成为最好的朋友后，有一天，

wǒ xiàng tā tí chū le cáng zài xīn li de yí wèn nǐ shì zěn
我向他提出了藏在心里的疑问：“你是怎
me yìng fù nà kuài tāi jì de ne wǒ yán xià zhī yì shì nǐ
么应付那块胎记的呢？”我言下之意是：你
shì zěn me kè fú nà kuài tāi jì dài gěi nǐ de gān gà hé zì
是怎么克服那块胎记带给你的尴尬和自
bēi de tā de huí dá wǒ yí bèi zi yě bú huì wàng jì
卑的？他的回答我一辈子也不会忘记。

tā shuō yìng fù wǒ xiàng lái yǐ tā wéi róng ne
他说：“应付？我向来以它为荣呢！
hěn xiǎo de shí hou wǒ fù qīn jiù gào su wǒ ér zi nǐ
很小的时候，我父亲就告诉我，‘儿子，你
chū shēng qián wǒ xiàng shàng dì dǎo gào qǐng tā cì gěi wǒ
出生前，我向上帝祷告，请他赐给我
yí gè yǔ zhòng bù tóng de hái
一个**与众不同**的孩
zi yú shì shàng dì gěi le nǐ
子，于是上帝给了你
tè shū de cái néng hái ràng tiān
特殊的才能，还让天
shǐ gěi nǐ zuò le yí gè jì hào
使给你做了一个记号。
nǐ liǎn shang de biāo jì shì tiān shǐ
你脸上的标记是天使
wěn guo de hén jì tā zhè yàng zuò
吻过的痕迹，他这样做
shì wèi le ràng wǒ zài rén qún zhōng
是为了让我在人群中
yí xià zi jiù néng zhǎo dào nǐ
一下子就能找到你。

每个人都是别人无法代替的。只要我们更加自信、乐观、积极、努力，便会得到天使给予的幸运。

当看到你和别的婴儿一起睡在婴儿室里时，我立刻知道，你是我的！’”

他接着说：“小时候，父亲一有机会就给我讲这个故事，所以我对自己的好运气**深信不疑**。我甚至会为那些脸上没有红色‘吻痕’的孩子难过。我当时以为，陌生人的惊讶是出于羡慕。于是，我更加积极努力，生怕浪费上帝给我的特殊才能。长大以后，我仍然觉得父亲当年没有骗我——每个人都从上帝那儿得到特殊才能，而每个孩子对父母来说都是与众不同的。正因为有了这块胎记，我才会不断奋斗，取得今天的成绩，它何尝不是天使的吻痕、幸运的标记呢！”

一个美丽的故事

张玉庭

有个塌鼻子的小男孩儿，因为两岁时得过脑炎，智力受损，学习起来很吃力。打个比方，别人写作文能写二三百字，他却只能写三五行。但即便这样的作文，他同样能写得美丽如花。

那是一次作文课，题目是“愿望”。他极认真地想了半天，然后极认真地写。那作文极短，只有三句话：

wǒ yǒu liǎng gè yuàn
我有两个愿
wàng dì yī ge shì mā
望，第一个是，妈
ma tiān tiān xiào mī mī de
妈天天**笑眯眯**地
kàn zhe wǒ shuō nǐ zhēn
看着我说："你真
cōng míng dì èr ge
聪明。"第二个
shì lǎo shī tiān tiān xiào mī
是，老师天天笑眯
mī de kàn zhe wǒ shuō nǐ yì diǎnr yě bú bèn
眯地看着我说："你一点儿也不笨。"

yú shì jiù shì zhè piān zuò wén shēn shēn de dǎ dòng
于是，就是这篇作文，深深地打动
le lǎo shī nà wèi xiàng mā ma yí yàng de lǎo shī bù jǐn gěi
了老师。那位像妈妈一样的老师不仅给
le tā zuì gāo fēn ér qiě zài bān shang dài gǎn qíng de lǎng
了他最高分，而且在班上带感情地朗
sòng le zhè piān zuò wén hái yì bǐ yí huà de xiě shàng pī
诵了这篇作文，还一笔一画地写上批
yǔ nǐ hěn cōng míng nǐ de zuò wén xiě de fēi cháng gǎn
语：你很聪明，你的作文写得非常感
rén qǐng fàng xīn mā ma kěn dìng huì gé wài xǐ huan nǐ de
人。请放心，妈妈肯定会格外喜欢你的，
lǎo shī kěn dìng huì gé wài xǐ huan nǐ de dà jiā kěn dìng huì
老师肯定会格外喜欢你的，大家肯定会
gé wài xǐ huan nǐ de
格外喜欢你的。

pěng zhe zuò wén běn tā xiào le bèng bèng tiào tiào de
捧着作文本，他笑了，蹦蹦跳跳地
huí jiā le xiàng zhī xǐ què dàn tā bìng méi yǒu bǎ zuò wén
回家了，像只喜鹊。但他并没有把作文
běn ná gěi mā ma kàn tā zài děng dài děng dài yí gè měi
本拿给妈妈看，他在等待，等待一个美
hǎo de shí kè
好的时刻。

nà ge shí kè zhōng yú dào le shì mā ma de shēng
那个时刻终于到了，是妈妈的生
rì yí gè yáng guāng càn làn de xīng qī tiān nà tiān
日——一个阳光**灿烂**的星期天。那天，
tā qǐ de tè bié zǎo bǎ zuò wén běn zhuāng zài yí gè tā qīn
他起得特别早，把作文本装在一个他亲
shǒu zuò de měi lì de dà xìn fēng
手做的美丽的大信封
li xìn fēng shang huà zhe yí gè
里，信封上画着一个
tā bí zi de xiǎo nán háir nà
塌鼻子的小男孩儿，那
gè xiǎo nán háir liě zhe zuǐ xiào de
个小男孩儿咧着嘴笑得
zhèng tián tā jìng jìng de kàn zhe mā
正甜。他静静地看着妈
ma děng zhe mā ma xǐng lái mā
妈，等着妈妈醒来。妈
ma gāng zhēng yǎn xǐng lái tā jiù
妈刚睁眼醒来，他就
tián tián de hǎn le shēng mā ma
甜甜地喊了声“妈妈”，

小男孩儿虽然并不聪明，但他很真诚、很可爱，用最简单的话语说出了他所有的愿望。他不仅实现了自己的愿望，同时也打动了所有看到这个故事的人。

rán hòu xiào mī mī de zǒu dào
然后笑眯眯地走到
gēn qián shuō mā ma jīn tiān
跟前说："妈妈，今天
shì nín de shēng rì wǒ yào
是您的生日，我要
sòng nín jiàn lǐ wù
送您件礼物。"

mā ma xiào le shén
妈妈笑了："什
me lǐ wù ne
么礼物呢？"

wǒ de zuò wén shuō zhe xiǎo nán háir shuāng
"我的作文。"说着，小男孩儿双
shǒu dì guo lai nà ge dà xìn fēng
手递过来那个大信封。

jiē guò xìn fēng mā ma de xīn pēng pēng zhí tiào
接过信封，妈妈的心怦怦直跳！
guǒ rán kàn zhe zhè piān zuò wén mā ma tián tián de
果然，看着这篇作文，妈妈甜甜地
yǒng chū le liǎng háng rè lèi rán hòu yì bǎ lǒu zhù xiǎo nán
涌出了两行热泪，然后一把搂住小男
háir lǒu de hěn jǐn fǎng fú pà tā huì tū rán jiān fēi
孩儿，搂得很紧，仿佛怕他会突然间飞
zǒu le
走了。

通过一系列的动作和语言描写表现出一个从内心里关心热爱妈妈，体贴妈妈的小男孩儿。他的一言一行不仅让自己的妈妈感动，也会得到读者发自内心的赞美。

用微笑把痛苦埋葬

蒋　文

二战期间，一位名叫伊丽莎白·康黎的女士在庆祝盟军于北非战场获胜的那一天，收到了国防部的一份电报：她的独生子在战场上**牺牲**（为了正义的目的舍弃自己的生命）了。

那是她最爱的儿子，那是她唯一的亲人，那是她的命啊！她无法接受这个突如其来的严酷事实，精神几近**崩溃**。她心灰

意冷，痛不欲生，决定放弃工作，远离家乡，然后默默地了此余生。

当她整理行装的时候，忽然发现了一封几年前的信，那是她儿子在到达前线后写的。信上写道：“请妈妈放心，我永远不会忘记你对我的教导。不论在哪里，也不论遇到什么灾难，都要勇敢地面对生活，像真正的男子汉那样，用微笑承受一切不幸和痛苦。我永远以你为榜样，永远记着你的微笑。”

她**热泪盈眶**，把这封信读了一遍又一遍，似乎看到儿子就在自己

用微笑来面对痛苦，是一种坚强。当不幸或是苦难来临，人们即使伤心欲绝，也已经于事无补。生活仍要继续，勇敢地生活下去，“用微笑把痛苦埋葬”，这才是对不幸最好的嘲弄。

de shēn biān yòng nà shuāng chì rè de yǎn jing wàng zhe tā
的身边，用那双炽热的眼睛望着她，
guān qiè de wèn qīn ài de mā ma nǐ wèi shén me bú zhào
关切地问：“亲爱的妈妈，你为什么不照
nǐ jiào dǎo wǒ de nà yàng qù zuò ne
你教导我的那样去做呢？”

yī lì shā bái kāng lí dǎ xiāo
伊丽莎白·康黎打消
le bèi jǐng lí xiāng de niàn tóu yí zài
了**背井离乡**的念头，一再
duì zì jǐ shuō gào bié
对自己说：告别
tòng kǔ de shǒu zhǐ
痛苦的手只
néng yóu zì jǐ lái huī dòng wǒ
能由自己来挥动。我
yīng gāi yòng wēi xiào mái zàng tòng
应该用微笑埋葬痛
kǔ jì xù wán qiáng de shēng
苦，继续顽强地生
huó xia qu wǒ méi yǒu
活下去。我没有
qǐ sǐ huí shēng de
起死回生的
néng lì dàn wǒ yǒu
能力，但我有
néng lì jì xù shēng
能力继续生
huó xia qu
活下去。

hòu lái yī lì shā bái kāng lí xiě le hěn duō zuò
后来，伊丽莎白·康黎写了很多作
pǐn qí zhōng yòng wēi xiào bǎ tòng kǔ mái zàng yì shū pō
品，其中《用微笑把痛苦埋葬》一书颇
yǒu yǐng xiǎng shū zhōng yǒu zhè yàng jǐ jù huà rén bù
有影响。书中有这样几句话："人，不
néng xiàn zài tòng kǔ de ní tán li bù néng zì bá yù dào kě
能陷在痛苦的泥潭里不能自拔。遇到可
néng gǎi biàn de xiàn shí wǒ men yào xiàng zuì hǎo chù nǔ lì
能改变的现实，我们要向最好处努力；
yù dào bù kě néng gǎi biàn de xiàn shí bù guǎn ràng rén duō
遇到不可能改变的现实，不管让人多
me tòng kǔ bù kān wǒ men dōu yào yǒng gǎn de miàn duì yòng
么痛苦不堪，我们都要勇敢地面对，用
wēi xiào bǎ tòng kǔ mái zàng yǒu shí hou shēng bǐ sǐ xū
微笑把痛苦埋葬。有时候，生比死需
yào gèng dà de yǒng qì yǔ pò lì
要更大的勇气与**魄力**（指处置事情所具有的胆识和果断的作风）。"

"用微笑把痛苦埋葬"是勇敢者面对痛苦时发出的宣言，这个宣言其实是在告诉每一个人，面对痛苦需要有更加乐观的精神，为自己，为他人带来希望。

人生：历练后的飞翔

邓 卓

bā ěr zhā kè shuō guo kǔ nàn shì rén shēng de yí kuài
巴尔扎克说过：“苦难是人生的一块
diàn jiǎo shí duì yú qiáng zhě shì bǐ cái fù duì yú ruò zhě què
垫脚石，对于强者是笔财富，对于弱者却
shì wàn zhàng shēn yuān
是万丈深渊。”

dí què rén de yì shēng méi yǒu shéi shì píng píng tǎn tǎn
的确，人的一生没有谁是平平坦坦
de yì fān fēng shùn shì wǒ men shàn liáng de zhù yuàn dàn yǒu
的，**一帆风顺**是我们善良的祝愿，但有
shéi néng píng bù qīng yún ér zhōng lǎo yì shēng wǒ men měi gè
谁能平步青云而终老一生？我们每个
rén dōu bù kě bì miǎn de yào jīng lì gǎi biàn mìng yùn de yí
人都不可避免地要经历改变命运的一
gè gè dà kǎn shī xué shī yè shī liàn shī qù qīn
个个大坎——失学、失业、失恋、失去亲
rén shī qù cái fù shī qù jiàn kāng
人、失去财富、失去健康……

tái wān zuò jiā lín qīng xuán xiě guo yí gè gù shi yǒu
台湾作家林清玄写过一个故事：有
yì nián shàng dì kàn jiàn nóng fū zhòng de mài zi guǒ shí léi
一年，上帝看见农夫种的麦子果实累

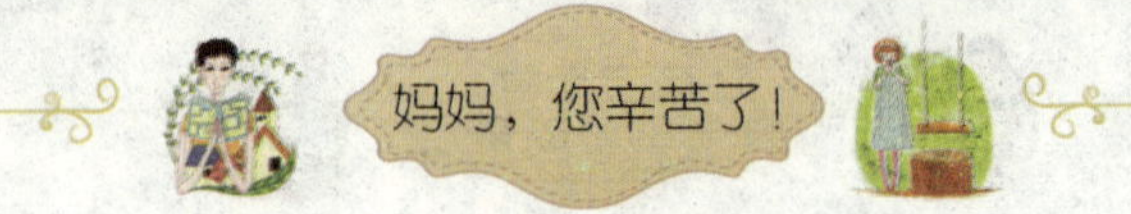

léi gǎn dào hěn kāi xīn nóng fū jiàn dào shàng dì què shuō
累，感到很开心。农夫见到上帝却说，

nián lái wǒ méi yǒu yì tiān tíng zhǐ qí dǎo
50年来我没有一天停止祈祷（一种宗教仪式，

qí dǎo nián nián bú yào
信仰宗教的人向神默告自己的愿望），祈祷年年不要

yǒu fēng yǔ bīng báo bú yào yǒu gān hàn chóng zāi kě wú
有风雨、冰雹，不要有干旱、虫灾。可无

lùn wǒ zěn yàng qí dǎo zǒng bù néng rú yuàn nóng fū tū rán
论我怎样祈祷总不能如愿。农夫突然

wěn zhe shàng dì de jiǎo dào wàn néng de zhǔ ya nín kě
吻着上帝的脚道：“万能的主呀！您可

bu kě yǐ míng nián dā ying wǒ de qǐng qiú zhǐ yào yì nián de
不可以明年答应我的请求，只要一年的

shí jiān bú yào dà fēng yǔ bú yào liè rì gān hàn bú yào
时间，不要大风雨、不要烈日干旱、不要
yǒu chóng zāi shàng dì shuō hǎo ba míng nián yí dìng
有虫灾？”上帝说：“好吧，明年一定
rú nǐ suǒ yuàn dì èr nián yīn wèi méi yǒu kuáng fēng bào
如你所愿。”第二年，因为没有狂风暴
yǔ liè rì yǔ chóng zāi nóng fū de tián li guǒ rán jiē chū
雨、烈日与虫灾，农夫的田里果然结出
xǔ duō mài suì bǐ wǎng nián de duō le yí bèi nóng fū xīng fèn
许多麦穗，比往年的多了一倍，农夫兴奋
bù yǐ kě děng dào qiū tiān de shí hou nóng fū fā xiàn mài suì
不已。可等到秋天的时候，农夫发现麦穗
jìng quán shì biě biě de méi yǒu shén me hǎo zǐ lì nóng fū hán
竟全是瘪瘪的，没有什么好籽粒。农夫含
lèi wèn shàng dì zhè shì zěn me
泪问上帝：“这是怎么
huí shìr shàng dì gào su tā
回事儿？”上帝告诉他：
yīn wèi nǐ de mài suì bì kāi le
“因为你的麦穗避开了
suǒ yǒu de kǎo yàn cái biàn chéng
所有的**考验**，才变成
zhè yàng
这样。”

yí lì mài zi shàng lí
一粒麦子，尚离
bu kāi fēng yǔ gān hàn liè rì
不开风雨、干旱、烈日、
chóng zāi děng cuò zhé de kǎo yàn
虫灾等挫折的考验，

人，总要历经苦难。在苦难面前选择逃避的人，也只能永远在地平线上蝇营狗苟地平庸着。只有选择迎难而上，让柔弱的羽翼历经风雨洗礼的人，才会坚强勇敢、一飞冲天！

duì yú yí gè rén gèng shì zhè yàng
对于一个人，更是这样。

yǒu rén shuō guo rén de liǎn xíng jiù shì yí gè kǔ
有人说过，人的脸形就是一个“苦”

zì tiān shēng jiù gāi shòu jìn gè zhǒng kǔ nàn cǐ yán bú
字，天生就该受尽各种**苦难**，此言不

miù xiǎng rén zhī
谬。想人之

yì shēng zài zì
一生，在自

jǐ de kū shēng
己的哭声

zhōng lín shì zài
中临世，在

qīn rén de kū shēng
亲人的哭声

zhōng cí shì zhōng jiān bǎi shí nián de shēng yá wú shí wú
中辞世，中间百十年的生涯，无时无
kè bú zài yǔ jiān nán kùn kǔ jí bìng zāi huò dǎ jiāo dào
刻不在与艰难、困苦、疾病、灾祸打交道。

jiǎ rú rén shēng méi yǒu mó nàn qí běn shēn jiù shì yì
假如人生没有磨难，其本身就是一
zhǒng zāi nàn cháng qī shēng huó zài yí shùn bǎi shùn wú yōu
种灾难。长期生活在一顺百顺、无忧
wú lǜ de huán jìng zhōng táo tài bu liǎo liè zhě shāi xuǎn bu
无虑的环境中，淘汰不了劣者，筛选不
chū qiáng zhě rén lèi jiù bú huì jìn huà shè huì yě bú huì
出强者，人类就不会进化，社会也不会
xiàng qián fā zhǎn ér wǒ men měi gè rén rèn zhēn shěn shì zì
向前发展。而我们每个人认真审视自
jǐ de nèi xīn zǒng huì xīn rán fā xiàn diǎn rán zì jǐ líng hún
己的内心，总会欣然发现，点燃自己灵魂
zhī guāng de wǎng wǎng zhèng shì yì xiē dāng shí bèi shì wéi
之光的，往往正是一些当时被视为
mó nàn hé kùn kǔ de jìng yù huò shì jiàn yí gè wán měi de rén
磨难和困苦的境遇或事件。一个完美的人
shēng zhēn de xū yào lì liàn
生，真的需要历练。

suǒ yǐ cóng mǒu zhǒng yì yì shang bù dé bù shuō
所以，从某种意义上不得不说：
kǔ nàn shì shàng dì kuì zèng gěi rén lèi zuì hǎo de lǐ wù
“苦难”是上帝**馈赠**给人类最好的礼物！

dàn kǔ nàn biàn chéng cái fù shì yǒu tiáo jiàn de wǒ men
但苦难变成财富是有条件的。我们
bú bì xué nà xiē zōng jiào xùn dào zhě jiāng kǔ tòng zuò wéi yì
不必学那些宗教殉道者，将苦痛作为一

种享受和目的，我们是具有正常生理及心理功能的人，有七情六欲，知道**趋利避害**，懂得享受生活，但我们知道“阳光总在风雨后”，“吹尽黄沙始见金”。

丘吉尔在自传中这样写道：“苦难是财富还是**屈辱**（受到压迫和侮辱）？当你战胜了苦难时，它就是你的财富；可当苦难战胜了你时，它就是你的屈辱。”

你战胜了苦难并远离了苦难，只有在这时，苦难才是你值得骄傲的一笔人生财富，才是你人生中经过历练后的彩虹！

苦难能够激发人的潜能，苦难能让人学会战胜自我，苦难能让人更加珍惜生命中的一切。所以，只有战胜苦难，才能让自己的人生的道路更加宽阔更加平坦。

我就是那十万分之一

菊韵香

他出生于山东烟台一个临海的偏僻小村子，**家徒四壁**。为了抵挡秋冬时节潮湿阴冷的海风，母亲寻来废旧报纸，一层又一层地糊在窗户上。而这些用来糊窗的报纸上的方块字，让他知道了在小村之外，还有一个高远广阔的世界。

“妈妈，这个字念

什么？"一有空闲，他就瞪着好奇的眼睛问。听到他的喊声，不管多忙，母亲都会微笑着走过来，告诉他那字念什么，是什么意思。上学了，虽然他吃的穿的都不如其他的孩子，但在学习上，他是最优秀的。母亲对他说，这才是你最大的骄傲。

高三那年冬天的一个夜晚，他上完晚自习回家，看到母亲还在昏暗的灯光下编着柳条提篮。看着母亲**皴裂**（皮肤因受冻而裂开）的双手不停地绕来绕去，他的心里顿时升起深深

的愧疚："妈，天这么冷，你早点儿睡吧。"

母亲笑了："再有几个月你就要高考了，我想早点儿把你上大学的费用挣出来。"

他迟疑了半天，嗫嚅着说："妈，上大学要花很多钱的，我们家穷……"

母亲停住了，久久地看着他，说："难道你想在穷窝里过一辈子吗？"

然后，母亲放下活计给他讲了一个故事：一只误落在鸡窝里的鹰蛋被孵化出来后，因为长相跟其他小鸡不同而总被嘲笑和欺负。直到有一天，小鹰看

机会永远会眷顾那些有准备的人。在困难面前，即使跌倒一百次也要第一百零一次地站起来，要迎风而上。即使狂风暴雨当头，只要抓住机遇，披荆斩棘，那么你也可能是那十万分之一。

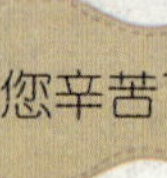

jiàn tiān kōng zhōng fēi guò de
见天空中飞过的
xióng yīng cái míng bai tiān
雄鹰，才明白天
kōng cái shì tā zhēn zhèng de
空才是它真正的
jiā yuán ér nà xiē duǎn tuǐ
家园，而那些短腿
de xiǎo jī shì yǒng yuǎn bù
的小鸡是永远不
kě néng qǐ jí de
可能企及的。

tā tīng wán gù shi hòu xiàn rù le chén sī
他听完故事后，陷入了沉思。

tā dǎ kāi zì jǐ de shū bāo ná chū shū běn mò mò
他打开自己的书包，拿出书本，默默
de kāi shǐ fù xí cóng cǐ zài yě méi yǒu tí guo tuì xué de
地开始复习，从此再也没有提过退学的
shì qing dì èr nián tā yǐ fēn de hǎo chéng jì kǎo rù
事情。第二年，他以649分的好成绩考入
le hā gōng dà běn shuò lián dú bān zài xiào qī jiān tā yòu
了哈工大本硕连读班。在校期间，他又
jiāng mù guāng miáo xiàng le měi guó de yē lǔ dà xué tā yào
将目光瞄向了美国的耶鲁大学，他要
qù nàr shēn zào yē lǔ dà xué zài měi guó běn tǔ zhī wài
去那儿深造！耶鲁大学在美国本土之外
de lù qǔ míng é zhǐ yǒu yí gè ér bào míng de què yǒu shí
的录取名额只有一个，而报名的却有十
wàn zhī zhòng gè yuè de shí jiān li tā yí lù guò guān
万之众。8个月的时间里，他一路**过关**

zhǎn jiàng zhōng yú zài nián yuè yǔ lái zì qīng huá dà
斩将，终于在2008年4月，与来自清华大
xué xiāng gǎng kē jì dà xué yǐ jí duō lún duō dà xué de
学、香港科技大学以及多伦多大学的8
wèi xué sheng yì qǐ jìn rù le jué dìng chéng bài de miàn shì
位学生一起进入了决定成败的面试。

miàn shì shì tōng guò diàn huà jìn xíng de yē lǔ dà xué
面试是通过电话进行的。耶鲁大学
de jiào shòu dǎ lái diàn huà jiāo liú yòng de shì yīng yǔ tā
的教授打来电话，交流用的是英语。他
chén zhuó lěng jìng de yìng dá zhe dāng wèn dào tā rú guǒ zài
沉着冷静地应答着。当问到他如果在
kē yán zhōng yù dào kùn nan huì bú huì bàn tú ér fèi
科研中遇到困难会不会**半途而废**（做事情
shí tā chén yín le yí xià gěi měi guó de
没有完成而终止）时，他沉吟了一下，给美国的
jiào shòu jiǎng qǐ le mǔ qīn céng jiǎng guo de jī wō li de
教授讲起了母亲曾讲过的“鸡窝里的

命运”的故事……不知不觉中，大洋彼岸的美国教授也被他的故事深深吸引了。

“祝贺你，你成功了。你将获得耶鲁大学每年59 400美元的全额奖学金！”30分钟后，对方结束了这次长谈，认真地说。

他的脸上终于露出了轻松的微笑。他成为了十万人中的唯一。是的，命运永远**垂青**那些知难而进、不懈进取的人！如同他，一个有志学子。他的名字叫牟少帅。

个性的魅力

佚　名

lǐ chá pài dí shì
理查·派迪是

yùn dòng shǐ shang yíng dé jiǎng
运动史上赢得奖

pái zuì duō de sài chē xuǎn
牌最多的赛车选

shǒu tā dì yī cì sài chē
手。他第一次赛车

hui lai xiàng mǔ qīn bào gào
回来向母亲报告

sài chē jié guǒ shí de qíng
赛车结果时的情

jǐng duì tā de chéng gōng
景，对他的成功

yǐng xiǎng fēi cháng dà
影响非常大。

mā tā chōng jìn jiā mén jiào dào liàng chē
"妈！"他冲进家门叫道，"35辆车

cān jiā bǐ sài wǒ dì èr
参加比赛，我第二。"

nǐ shū le tā mǔ qīn huí dá dào
"你输了！"他母亲回答道。

在人生的道路上，最难超越的往往是我们自己。如果每一次我们都坚信能够超越自己，坚信自己是第一，那么我们就一定可以做到。

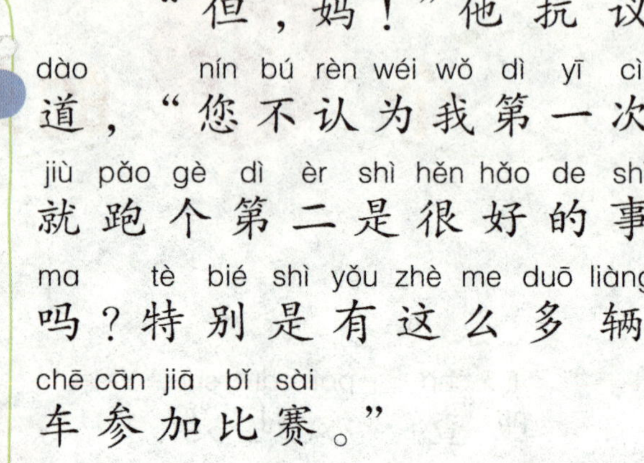

“但，妈！”他抗议道，“您不认为我第一次就跑个第二是很好的事吗？特别是有这么多辆车参加比赛。”

“理查！”她**严厉**（严肃而厉害）地说道，“你用不着跑在任何人后面！”

接下来的20年中，理查·派迪称霸赛车界。他的许多项纪录**迄今**（到现在）还保持着，没被打破。他从未忘记他母亲的话——“理查，你用不着跑在任何人后面！”

母亲铿锵有力的话虽然浇灭了理查内心的骄傲，但是也给予他莫大的鼓励，这让理查在以后的人生道路上无论做什么都怀揣着一颗勇夺第一、不断进取的心。

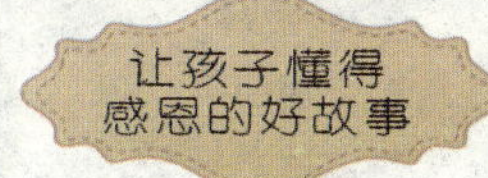

shì de nǐ yòng bu zháo pǎo zài rèn hé rén hòu
是的，你用不着跑在任何人后
miàn yí dàn nǐ nèi xīn jué dìng yào dé dì yī nà me
面！一旦你内心决定要得第一，那么
nǐ jiù huì qǔ dé gèng dà de chéng jì
你就会取得更大的成绩。

zài shēng huó zhōng nǐ gǎn bu gǎn shuō wǒ shì dì
在生活中你敢不敢说“我是第
yī zhè ge wèn tí de huí dá bìng bú kùn nan rú guǒ nǐ
一”？这个问题的回答并不困难。如果你
shì gè kě wàng chéng gōng de rén
是个**渴望**成功的人，
bìng qiě yì shí dào yǐ gè xìng wéi
并且意识到以个性为
zhōng xīn shì chéng gōng de jī
中心是成功的基
chǔ qǐng nǐ huí dá
础，请你回答：
dāng rán wǒ jiù
“当然，我就
shì dì yī
是第一！”

梦想的价格

里基·C.亨利著 暮秋编译

我是在贫穷中长大的——在那所由政府出资建造的、供低收入家庭居住的房子里，住着我的父母，还有我和我的6个兄弟、3个姐妹——一群领养来的孩子。虽然我们没有什么钱，财产也少得可怜，但在我们这个大家庭里，却处处充满了爱，充满了关怀。我知道不

管一个人多么贫穷，他也要拥有梦想。在这里，我生活得幸福快乐。

我的爱好是棒球运动。当我16岁的时候，我就征服（用武力使屈服；使人信服或折服）了棒球，我能以每小时90英里的速度投出一个快球，并且击中在美式足球场上任何移动的东西。尤其幸运的是，我高中的教练奥利·贾维斯，他不仅对我充满信心，还教会了我如何充

mǎn zì xìn tā shǐ wǒ rèn shi dào yōng yǒu yí gè mèng xiǎng
满自信。他使我认识到拥有一个梦想
hé xiǎn shì chū zì xìn shì bù tóng de hòu lái fā shēng le
和显示出自信是不同的。后来，发生了
yí jiàn shì zhè jiàn shì gǎi biàn le wǒ yì shēng de mìng yùn
一件事，这件事改变了我一生的命运。

zài wǒ gāo zhōng sān nián jí de nà nián xià tiān yí gè
在我高中三年级的那年夏天，一个
péng you tuī jiàn wǒ qù dǎ yí fèn gōng zhè duì wǒ lái shuō shì
朋友推荐我去打一份工。这对我来说是
yí gè nán dé de zhuàn qián jī huì tā yì wèi zhe wǒ jiāng huì
一个难得的赚钱机会。它**意味**着我将会
yǒu qián qù hé nǚ hái zi yuē huì yě yì wèi zhe wǒ jiāng huì
有钱去和女孩子约会，也意味着我将会
yǒu qián qù mǎi yí liàng xīn zì xíng chē bìng qiě wǒ hái kě yǐ
有钱去买一辆新自行车，并且我还可以
kāi shǐ zǎn xiē qián jiāng lái néng wèi mā ma mǎi yì suǒ fáng
开始攒些钱，将来能为妈妈买一所房
zi xiǎng xiàng zhe zhè fèn gōng zuò de yòu rén qián jǐng wǒ
子。想象着这份工作的诱人前景，我
zhēn xiǎng lì jí jiù jiē shòu zhè cì jī huì
真想立即就接受这次机会。

dàn shì wǒ yì shi dào wèi le bǎo zhèng dǎ gōng de shí
但是，我意识到为了保证打工的时
jiān wǒ jiāng bù dé bú fàng qì wǒ de bàng qiú xùn liàn nà
间，我将不得不放弃我的棒球训练，那
jiù yì wèi zhe wǒ yào gào su jiǎ wéi sī jiào liàn wǒ bù néng cān
就意味着我要告诉贾维斯教练我不能参
jiā bàng qiú bǐ sài le duì cǐ wǒ gǎn dào fēi cháng hài pà
加棒球比赛了。对此，我感到非常害怕。

dāng wǒ bǎ zhè jiàn shì gào su jiǎ wéi sī jiào liàn de shí
当我把这件事告诉贾维斯教练的时
hou tā guǒ rán jiù xiàng wǒ yù liào de nà yàng tā shuō
候，他果然就像我预料的那样，他说：
jīn hòu nǐ jiāng yǒu yì shēng de shí jiān lái gōng zuò dàn
“今后，你将有一生的时间来工作，但
shì nǐ néng gòu cān jiā bǐ sài de rì zi néng yǒu jǐ tiān ne
是你能够参加比赛的日子能有几天呢？
nà shì fēi cháng yǒu xiàn de nǐ làng fèi bu qǐ ya
那是非常有限的。你浪费不起呀！”

wǒ dī zhe tóu zhàn zài tā de miàn qián jiǎo jìn nǎo zhī
我低着头站在他的面前，**绞尽脑汁**（费尽思虑，费尽脑筋）
de sī kǎo zhe rú hé cái néng xiàng tā
地思考着如何才能向他

生活中，许多人舍本逐末，顾小利而失大局。为了梦想你舍得放弃沿途的荣誉、金钱吗？给自己一个肯定的答案吧，因为梦想是无价的。

jiě shì qīng chu wǒ yào gěi mā ma
解释清楚我要给妈妈
mǎi yì suǒ fáng zi yǐ jí wǒ shì
买一所房子，以及我是
duō me xī wàng zì jǐ néng gòu zǎn
多么希望自己能够攒
qián de zhè ge mèng xiǎng wǒ zhēn
钱的这个梦想。我真
de bù zhī dào gāi rú hé miàn duì
的不知道该如何面对
tā shī wàng de yǎn jing
他失望的眼睛。

hái zi néng gào su wǒ
“孩子，能告诉我
nǐ jiāng yào qù gàn de zhè fèn gōng
你将要去干的这份工
zuò néng zhèng duō shao qián ma tā wèn dào
作能挣多少钱吗？”他问道。

xiǎo shí měi yuán wǒ réng jiù bù gǎn tái
“1小时3.25美元。”我仍旧不敢抬
tóu niè rú zhe dá dào
头，嗫嚅着答道。

nán dào yí gè mèng xiǎng jiù zhí měi yuán
“难道一个梦想就值3.25美元
ma tā fǎn wèn dào
吗？”他反问道。

zhè ge wèn tí zài jiǎn dān zài qīng chu bú guò le
这个问题，再简单、再清楚不过了，
tā zhǔn què wú wù de xiàng wǒ jiē shì le zhù zhòng yǎn qián dé
它准确无误地向我**揭示**了注重眼前得

shī yǔ shù lì cháng yuǎn mù biāo zhī jiān de bù tóng nà
失与树立长远目标之间的不同。那
nián xià tiān wǒ quán shēn xīn de tóu rù dào bàng qiú xùn liàn
年夏天，我全身心地投入到棒球训练
zhōng jiù zài nà yì nián wǒ bèi pǐ zī bǎo hǎi dào duì xuǎn
中。就在那一年，我被匹兹堡海盗队选
zhòng qù dǎ xīn xiù lián méng sài qiān yuē jià gé shì wàn měi
中去打新秀**联盟**赛，签约价格是2万美
yuán cǐ wài wǒ hái huò dé le yà lì sāng nà dà xué de
元。此外，我还获得了亚利桑那大学的
měi shì zú qiú jiǎng xué jīn zhè bǐ jiǎng jīn ràng wǒ shùn lì
美式足球奖学金。这笔奖金让我顺利
wán chéng le dà xué jiào yù nián wǒ yǔ dān fó de
完成了大学教育。1984年，我与丹佛的
yě mǎ duì qiān dìng le wàn měi yuán de xié yì zhōng yú
野马队签订了170万美元的协议，终于
yuán le wǒ wèi mā ma mǎi yì suǒ fáng zi de mèng xiǎng
圆了我为妈妈买一所房子的梦想。

梦想有价格吗？没有，它无法用金钱去衡量。因为梦想对于一个人意味着不断奋进的希望，在挫折中站起来的勇气和对未来无限美好的憧憬。所以，我们要随时提醒自己：不要因为眼前的利益或者困难轻易放弃梦想。此处通过对比，说明梦想的重要性。

少年林则徐

佚　名

1785年，林则徐出生于福建侯官县（今福州市）一个下层封建知识分子家庭。四岁那年，其父林宾日就开始对他进行**启蒙**（使初学的人得到基本的、入门的知识）教育，教他口头跟读。七岁时，教他作文。父亲对林则徐管教特别严厉，他每天都要陪林则徐读书，一直到深夜灯油燃尽方可休息。

少年林则徐文才

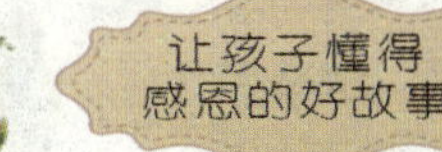

chū zhòng bèi yù wéi shén
出众，被誉为“神
tóng yǒu yí cì lǎo shī dài
童”。有一次，老师带
zhe xué tóng men yóu wán gǔ shān
着学童们游玩鼓山
dǐng fēng chū shān
顶峰，出“山”、
hǎi èr zì shì jiào
“海”二字，试叫
xué tóng men gè zuò yí duì
学童们各作一对
qī yán lián jù dāng qí
七言联句。当其
tā xué tóng hái zài míng sī
他学童还在冥思
kǔ xiǎng shí lín zé xú dì yī ge yín chū hǎi
苦想（深沉地思索）时，林则徐第一个吟出“海
dào wú biān tiān zuò àn shān dēng jué dǐng wǒ wéi fēng cóng cǐ
到无边天作岸，山登绝顶我为峰”。从此，
lín zé xú biàn yǐ tóng nián shàn wén ér wén míng jiā xiāng
林则徐便以“童年擅文”而闻名家乡。

nián suì de lín zé xú suì shì zhòng yì
1796年，12岁的林则徐岁试中佾
shēng yìng jùn shì dì yī dì èr nián cān jiā kē shì zhòng
生，应郡试第一。第二年参加科试，中
xiù cai jí rù áo fēng shū yuàn dú shū tā de yìng shì zhī zuò
秀才，即入鳌峰书院读书。他的应试之作
rén qīn yǐ wéi bǎo shì yì piān huá lì de bā gǔ wén bèi
《仁亲以为宝》是一篇华丽的八股文，被

rén men dà wéi tuī chóng
人们大为推崇。

shào nián lín zé xú jiā tíng shēng huó bǐ jiào qīng kǔ
少年林则徐家庭生活比较清苦。
lín jiā zhǐ yǒu zài chú xī zhī yè cái néng chī shàng yì cān suàn
林家只有在除夕之夜才能吃上一餐算
shì jiā yáo de sù chǎo dòu fu yě zhǐ yǒu zài chú xī zhī yè
是佳肴的素炒豆腐，也只有在除夕之夜，
guà zài bì shang de yóu dēng cái yǒu liǎng gēn dēng xīn wèi le
挂在壁上的油灯才有两根灯芯。为了
dú shū lín zé xú cháng bǎ yī fu ná qù diǎn dàng huàn qián
读书，林则徐常把衣服拿去**典当**换钱
lái mǎi shū yǒu yí duàn shí jiān tā hái zài mǐn xiàn yá men
来买书。有一段时间，他还在闽县衙门
nèi jiān zuò zhī xiàn fáng mǒu de shū
内兼做知县房某的**书**
lǐn yǐ qí suǒ dé liáo
廪（抄写员），以其所得聊
bǔ dú shū fèi yong
补读书费用。

tā ér shí qīn yǎn kàn dào fù
他儿时亲眼看到父
qīn bǎ mǐ sòng gěi yì pín rú xǐ de
亲把米送给一贫如洗的
sān bó fù zì jǐ hé mǔ qīn què
三伯父，自己和母亲却
rěn jī ái è hái gào su tā
忍饥挨饿，还告诉他
shuō jiàn dào nǐ bó fù bù xǔ
说：“见到你伯父，不许

林则徐是我国近代历史上一位著名的爱国者和民族英雄，我们不仅要学习林则徐刻苦读书的精神，还要从小树立远大理想，做一个有所作为的人。

shuō zán men jiā méi yǒu shēng huǒ zuò fàn fù mǔ de
说咱们家没有生火做饭。”父母的
yán xíng jǔ zhǐ duì lín zé xú yǒu zhe qián yí mò huà
言行举止，对林则徐有着潜移默化
de yǐng xiǎng shǐ lín zé xú hòu lái zài guān chǎng shang
的影响，使林则徐后来在官场上
chéng wéi yí wèi lián zhèng qīng míng de hǎo guān
成为一位**廉正**、清明的好官。

shào nián shí dài de lín zé xú duì zhū gě
少年时代的林则徐，对诸葛
liàng lǐ bái dù fǔ yuè fēi wén tiān xiáng yú
亮、李白、杜甫、岳飞、文天祥、于
qiān děng rén shí fēn jìng pèi fù mǔ shī zhǎng de jiào
谦等人十分敬佩。父母师长的教
huì shū yuàn xué fēng de xūn táo shǐ lín zé xú cóng
诲，书院学风的熏陶，使林则徐从
xiǎo jiù xǐ huan dú yǒu guān mín shēng jí kǔ de shū cóng
小就喜欢读有关民生疾苦的书，从
zhōng bú duàn jí qǔ gǔ dài wén huà zhōng de sī xiǎng yǎng
中不断汲取古代文化中的思想养
liào cóng ér shù lì le jiù shí jì shì de zhì xiàng
料，从而树立了救时济世的志向。

通过细节描写来向读者交代林则徐身上良好的品性的根源。让读者一方面认识到林则徐廉洁清明的为官作风，另一方面也意识到作为父母对子女言传身教的重要作用。

从罗丹得到的启示

斯·茨威格

我那时大约25岁，在巴黎进行研究与写作。许多人称赞我发表过的文章，有些我自己也喜欢。但是，我心里深深感到我还能写得更好，虽然我不能断定那**症结**（比喻事情弄坏或不能解决的关键）的所在。

于是，一个伟大的人给了我一个伟大的启示。那件仿佛**微乎其微**的事，竟成为我一生的关键。

有一天，在比利时名作家魏尔哈仑家里，一位年长的画家慨叹着雕塑美术的衰落。我年轻而好饶舌，强烈地反对他的意见。“就在这城里，”我说，“不是住着一个与米开朗琪罗**媲美**（美好的程度差不多；比美）的雕刻家吗？罗丹的《沉思者》、《巴尔扎克》，不是同他用以雕塑的大理石一样永垂不朽吗？”当我倾吐完了的时候，魏尔哈仑高兴地指指我的背。“我明天要去看罗丹。”他说，“来，一块儿去吧。凡像你这样赞美他的人都该去会会他。”我充满了喜悦，但第二天魏尔哈仑把我带到雕刻家那里的时候，我一句话也说不出。在老朋友畅谈之际，我觉得我似乎是一个多余的人。

一个人只有专心去做一件事的时候，才可以达到完美，这是罗丹在忘我工作时给我们的启发。一个如此伟大的艺术家尚且如此，我们是不是更应该用满腔的热忱去做事呢！

但是，最伟大的人也是最亲切的。我们告别时，罗丹转向我。“我想你也许愿意看看我的雕刻，”他说，“但我这里什么都没有。这样吧，星期天，你到麦东来同我一块儿吃饭吧。”

在罗丹朴素的别墅里，我们在一张小桌前坐下吃便饭。不久，他温和的眼睛发出的凝视，他本身的**淳朴**，宽释了我的不安。

在他的工作室，有完成的雕像，许许多多小塑样——一只胳膊，一只手，有的只是一根手指或者指节；他已动工

ér gē xià de diāo xiàng duī zhe cǎo tú de zhuō zi zhè shì
而搁下的雕像、堆着草图的桌子，这是
tā yì shēng bú duàn de zhuī qiú yǔ láo zuò de dì fang luó
他一生不断地追求与劳作的地方。罗
dān zhào shàng le cū bù gōng zuò shān yīn ér hǎo xiàng biàn
丹罩上了粗布工作衫，因而好像变
chéng le yí gè gōng rén tā zài yí gè tái jià qián tíng xià
成了一个工人。他在一个台架前停下。

zhè shì wǒ de jìn zuò tā shuō tā bǎ shī bù jiē
“这是我的近作。”他说。他把湿布揭
kāi xiàn chū yí zuò nǚ shén shēn xiàng yǐ nián tǔ měi hǎo de
开，现出一座女神身像，以黏土美好地
sù chéng de zhè yǐ wán gōng le wǒ xiǎng
塑成的。“这已完工了。”我想。

wǒ tuì hòu yí bù zǐ xì kàn zhe zhè shēn cái kuí wú
我退后一步，仔细看着这身材魁梧、
kuò jiān bái rán de lǎo rén
阔肩、白髯的老人。

dàn shì zài shěn shì piàn kè zhī hòu tā dī yǔ zhe jiù
但是在审视片刻之后，他低语着：“就
shì zhè jiān shang de xiàn tiáo hái shi tài cū duì bu qǐ
是这肩上的线条还是太粗。对不起……”

tā ná qǐ guā dāo
他拿起刮刀，
mù dāo piàn qīng qīng huá guò
木刀片轻轻滑过
ruǎn huo de nián tǔ gěi jī
软和的黏土，给肌
ròu yì zhǒng gèng róu měi de
肉一种更柔美的
guāng zé tā jiàn zhuàng de
光泽。他健壮的
shǒu dòng qi lai le tā de
手动起来了，他的
yǎn jing shǎn yào zhe hái
眼睛闪耀着。“还
yǒu nà lǐ hái yǒu nà
有那里……还有那
lǐ tā yòu xiū gǎi le
里……”他又修改了
yí xià tā zǒu hui qu tā
一下，他走回去。他
bǎ tái jià zhuǎn guo lai hán
把台架转过来，含

糊地吐着奇异的喉音。时而，他的眼睛高兴得发亮；时而，他的双眉苦恼地蹙着。他捏好小块的黏土，粘在像上，刮开一些。

这样过了半小时，一小时……他没有再向我说一句话。他忘掉了一切，除了他要创造的更**崇高**的形体的意象。他专注于他的工作，犹如在创世之初的上帝。

最后，他扔下刮刀，像一个男子把

这里的动作描写和语言描写让我们看到了一个对自己的工作非常专注非常热爱的伟大的雕刻家的形象。人物刻画栩栩如生，文字描写传达出作者对罗丹的敬佩和喜爱。

披肩披到他情人肩上那般用湿布蒙住女正身像。于是，他转身要走。这位身材魁梧的老人走到门口之前，他看见了我。他凝视着，就在那时他才记起。他显然对他的失礼而**惊惶**。“对不起，先生，我完全把你忘记了，可是你知道……”我握着他的手，感谢地紧握着。也许他已领悟我所感受到的，因为在我们走出屋子时他微笑了，用手扶着我的肩头。

在麦东的那天下午，我学得比在学校所有的时间学到的都多。从此，我知道人类的工作必须怎样做，假如那是美好而又值得的。

再没有什么像亲见一个人全然忘记时间、地点与世界那样使我感动。那

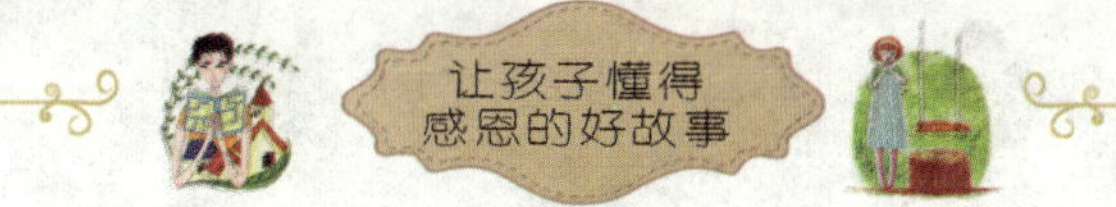

shí wǒ cān wù dào yí qiè yì shù yǔ wěi yè de ào miào
时，我参悟到一切艺术与伟业的奥妙——
zhuān xīn bǎ yì yú fā sàn de yì zhì guàn zhù zài yí jiàn shì
专心，把易于发散的意志**贯注**在一件事
qing shang de běn lǐng
情上的本领。

yú shì wǒ chá jué wǒ zhì jīn zài zì jǐ de gōng zuò
于是，我察觉我至今在自己的工作
shang suǒ quē shǎo de shì shén me nà jiù shì néng shǐ rén
上所缺少的是什么——那就是能使人
wèi le zhuī qiú wán zhěng de yì zhì ér bǎ yí qiè dōu wàng diào
为了追求完整的意志而把一切都忘掉
de rè chén yí gè rén yí dìng yào néng gòu bǎ tā zì jǐ wán
的热忱。一个人一定要能够把他自己完
quán chén jìn zài tā de gōng zuò li méi yǒu wǒ xiàn zài
全沉浸在他的工作里，没有——我现在
cái zhī dào bié de mì jué
才知道——别的秘诀。

我的捡砖头思维

俞敏洪

小时候我父亲做的一件事情到今天还让我**记忆犹新**。父亲是个木工，常帮别人建房子。每次建完房子，他都会把别人废弃不要的碎砖乱瓦捡回来，或一块两块，或三块五块。有时候在路上走，看见路边有砖头或石块，他也会捡起来放在篮子里带回家。久而久之，我家院子里多出了一个乱

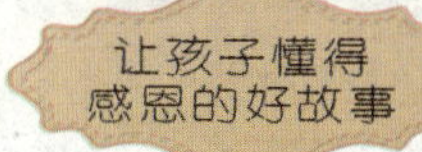

qī bā zāo de zhuān tóu suì wǎ duī
七八糟的砖头碎瓦堆。
wǒ gǎo bu qīng zhè yì duī dōng xi
我搞不清这一堆东西
de yòng chu zhǐ jué de běn lái jiù
的用处，只觉得本来就
xiǎo de yuàn zi bèi fù qīn nòng de
小的院子被父亲弄得
méi yǒu le huí xuán de yú dì zhí
没有了回旋的余地。直
dào yǒu yì tiān wǒ fù qīn zài yuàn
到有一天，我父亲在院
zi yì jiǎo de xiǎo kòng dì shang kāi
子一角的小空地上开
shǐ zuǒ yòu cè liáng kāi gōu wā
始左右测量，开沟挖
cáo huò ní qì qiáng yòng nà duī luàn zhuān zuǒ pīn yòu còu
槽，和泥砌墙，用那堆乱砖左拼右凑，
yì jiān sì sì fāng fāng de xiǎo fáng zi jū rán bá dì ér qǐ
一间四四方方的小房子居然拔地而起，
gān jìng piào liang hé yuàn zi xíng chéng le yí gè hé xié de
干净漂亮，和院子形成了一个和谐的
zhěng tǐ fù qīn bǎ běn lái yǎng zài lù tiān dào chù luàn pǎo
整体。父亲把本来养在露天到处乱跑
de zhū hé yáng gǎn jìn xiǎo fáng zi zài bǎ yuàn zi dǎ sǎo
的猪和羊赶进小房子，再把院子打扫
gān jìng wǒ jiā jiù yǒu le quán cūn rén dōu xiàn mù de yuàn zi
干净，我家就有了全村人都羡慕的院子
hé zhū shè
和猪舍。

没人能一步登天，大海是由无数条小溪汇聚而成，摩天大厦起源于一块块砖头。将“捡砖头思维”运用到学习、工作乃至生活中，总有一天量变会引起质变，你今天点滴的努力将为你换来明天的成功。

dāng shí wǒ zhǐ shì jué de fù qīn hěn liǎo bu qǐ yí
当时我只是觉得父亲很了不起，一
gè rén jiù gài le yì jiān fáng zi děng dào zhǎng dà yǐ hòu
个人就盖了一间房子，等到长大以后，
cái zhú jiàn fā xiàn fù qīn zuò de zhè jiàn shì gěi wǒ dài lái de
才逐渐发现父亲做的这件事给我带来的
shēn kè yǐng xiǎng cóng yí kuài zhuān tóu dào yì duī zhuān tóu
深刻影响。从一块砖头到一堆砖头，
zuì hòu biàn chéng yì jiān xiǎo fáng zi wǒ fù qīn xiàng wǒ chǎn
最后变成一间小房子，我父亲向我阐
shì le zuò chéng yí jiàn shì qing de quán bù ào
释（阐述并解释）了做成一件事情的全部奥
mì yí kuài zhuān méi yǒu shén me yòng yì duī zhuān yě méi
秘。一块砖没有什么用，一堆砖也没
yǒu shén me yòng rú guǒ nǐ xīn zhōng méi yǒu yí gè zào fáng
有什么用，如果你心中没有一个造房

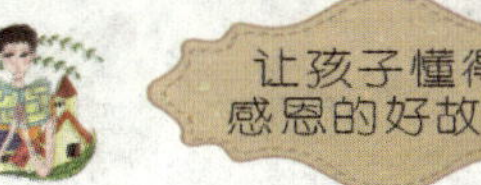

子的梦想，拥有天下所有的砖头也是一堆废物；但如果只有造房子的梦想，而没有砖头，梦想也没法实现。当时我家穷得几乎连吃饭都成问题，自然没有钱去买砖。但我父亲没有放弃，日复一日捡砖头碎瓦，终于有一天有了足够的砖头来造心中的房子。

后来的日子里，这件事情**凝聚**（聚集，积聚）成的精神一直在激励着我，也成了我做事的指导思想。在我做事的时候，我一般都会问自己两个问

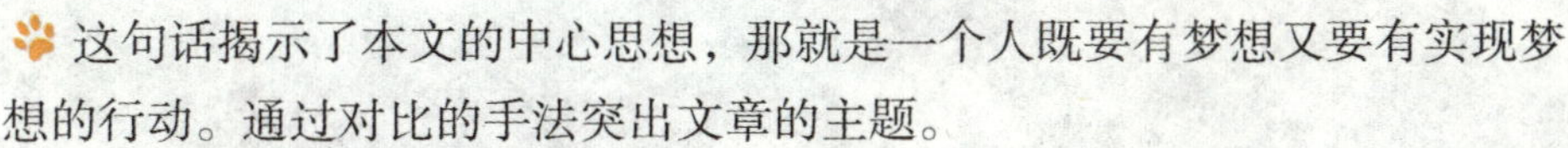

这句话揭示了本文的中心思想，那就是一个人既要有梦想又要有实现梦想的行动。通过对比的手法突出文章的主题。

题：一是做这件事情的目标是什么，因为盲目做事情就像捡了一堆砖头而不知道干什么一样，会浪费自己的生命；第二个问题是需要多少努力才能够把这件事情做成，也就是需要捡多少砖头才能把房子造好。之后就要有足够的**耐心**，因为砖头不是一天就能捡够的。

我生命中的三件事证明了这一思路的好处。第一件是我的高考，目标明确：要上大学。第一、第二年我都没考上，我的砖头没有捡够，第三年我继续拼命捡砖

头，终于进了北大。第二件是我背单词，目标明确：成为中国最好的英语词汇老师之一。于是，我开始一个一个单词背。在背过的单词不断遗忘的痛苦中，我父亲捡砖头的形象总能浮现在我眼前。最后，我终于背下了两三万个单词，成了一名不错的词汇老师。第三件事是我做新东方，目标明确：要做成中国最好的英语培训机构之一。我平均每天给学生上6到10个小时的课。很多老师倒下了或放弃了，我没有放弃。十几年如一日，每上一次课

wǒ jiù gǎn jué duō jiǎn le yí kuài zhuān tóu mèng xiǎng zhe bǎ
我就感觉多捡了一块砖头，梦想着把
xīn dōng fāng zhè dòng fáng zi jiàn qi lai dào jīn tiān wéi zhǐ
新东方这栋房子建起来。到今天为止，
wǒ hái zài nǔ lì zhe bìng yǐ jīng kàn dào le xīn dōng fāng zhè
我还在努力着，并已经看到了新东方这
zuò fáng zi néng gòu jiàn hǎo de xī wàng
座房子能够建好的希望。

jīn zì tǎ rú guǒ chāi kāi le zhǐ bú guò shì yì duī sǎn
金字塔如果拆开了，只不过是一堆散
luàn de shí tou rì zi rú guǒ guò de méi yǒu mù biāo jiù zhǐ
乱的石头；日子如果过得没有目标，就只
shì jǐ duàn sǎn luàn de suì yuè dàn rú guǒ bǎ yì zhǒng nǔ lì
是几段散乱的岁月，但如果把一种努力
níng jù dào měi yí rì qù shí xiàn yí gè mèng xiǎng nà me
凝聚到每一日去实现一个梦想，那么
sǎn luàn de rì zi jiù jī chéng le shēng mìng de yǒng héng
散乱的日子就积成了生命的**永恒**。

曹乐发

那年高二开学，我们这些差生被分到一个新的班级——高二·五班。按上学期期末考试成绩重新组班，这是学校一贯的做法。全年级的尖子都在一班，然后依次组成二、三、四、五班。有人曾这样形容五班：废品收购站。在这样的班考上大学简直是**天方夜谭**（多用来比喻虚妄荒诞的言论）。大家刚到一起，除了几个女生神情忧郁外，其他人都觉得很坦

rán nà yàng zi hǎo xiàng shì zài hù xiāng chuán dá zhe yí gè
然，那样子好像是在互相传达着一个
xiāng tóng de xìn xī hùn gè wén píng
相同的信息：混个**文凭**（旧时指用做凭证的官方
bei
文书，现专指毕业证书）呗。

bān zhǔ rèn shì gè gāng bì yè de dà xué shēng jù
班主任是个刚毕业的大学生。据
shuō tā dāng chū liǎo jiě qíng kuàng hòu yìng shì bú yuàn yì jiē
说他当初了解情况后，硬是不愿意接
wǒ men bān xiào jiào wù zhǔ rèn gào su tā xué xiào gēn běn
我们班，校教务主任告诉他，学校根本
bú zài hu zhè ge bān yǒu méi yǒu rén néng kǎo shàng dà xué zhǐ
不在乎这个班有没有人能考上大学，只
yào wěn dìng bù chū shì jiù xíng bān
要稳定不出事就行。班
shang de xué sheng tīng shuō bān zhǔ
上的学生听说班主
rèn shì gè nián qīng rén dōu yǒu yì
任是个年轻人，都有一
zhǒng yì cháng de xīng fèn jǐ gè
种异常的兴奋，几个
tiáo pí de hái yuē dìng zài dì yī
调皮的还约定，在第一
táng kè jiù xiū lǐ xiū lǐ tā
堂课就“修理修理”他。

shàng kè le xīn lǎo shī zǒu
上课了，新老师走
jìn jiào shì zhàn zài jiǎng tái zhōng
进教室，站在讲台中

妄自菲薄或骄傲自大都是无知的表现。人应该学着自信，自信方能自强。也许你暂时默默无闻，但请牢记“天道酬勤”，努力汲取成功的养料，蓄势待发，不久的将来，你就会发现自己也是栋梁之材。

央，用冷静的眼光**扫视**了大家。同学们一时安静下来，等待新老师的“高招”。“同学们，”他的声音很低，“开始我不愿接你们这个班，原因大家都清楚，不过现在我改变了主意，理由很简单，因为我有着比你们更难忘的经历。”

“我念高三那年，学校在最后一个学期的4月份，组织了一次全校性的摸底考试。我考得出奇得差，不瞒你们说，全班56人我排名51。那时我痛苦极了。没有人来安慰我，老师也不把我放在心上，他

们看重的只是分数。一次，化学老师不知从哪里弄来了一套试卷，只有50份，结果却没有我的。我又气又羞。老师还算好心，安慰我说：‘你这样的成绩，学也无望，不如回家学个手艺，生活不总是一条路，我跟你班主任说好了，学籍给你留着，毕业考试来一次，照样给你毕业证书。’”

“我想也是，就背起行李包回家了。回到了家里，我就躲进自己的小屋，躺在床上独自流泪。父母怎样追问，我都不回答。你们说，我该回答什

me ne xiǎng xiang fù
么呢？想想父
mǔ zhōng nián lěi yuè
母终年累月
zài dì li diē dǎ gǔn
在地里**跌打滚**
pá shěng chī jiǎn yòng
爬，省吃俭用
gōng wǒ dú shū wǒ
供我读书，我

rú jīn què luò dào zhè jìng dì néng duì de qǐ tā men ma
如今却落到这境地！能对得起他们吗？”

shuō dào zhèr lǎo shī liú lèi le tóng xué men jī
说到这儿，老师流泪了。同学们几
hū tīng dāi le bù shǎo rén yǎn jing hóng le qǐ lái lǎo shī
乎听呆了，不少人眼睛红了起来。老师
jiē zhe shuō
接着说：

yì tiān fù qīn tuī kāi wǒ de fáng mén duì wǒ
“一天，父亲推开我的房门，对我
shuō jīn tiān zán men kàn kan dì li de mài zi wǒ lǎn
说，‘今天咱们看看地里的麦子。’我懒
yáng yáng de gēn zài fù qīn hòu miàn suī rán yě wài fēng jǐng bú
洋洋地跟在父亲后面，虽然野外风景不
cuò wǒ què wú xīn xīn shǎng lái dào mài dì fù qīn shuō
错，我却无心欣赏。来到麦地，父亲说，
mài zi kuài shú le zhè mài suì zú yǒu sān cùn cháng ba zhè
‘麦子快熟了，这麦穗足有三寸长吧，这
kuài dì néng shōu jīn bù chéng wèn tí wǒ wàng zhe suí
块地能收200斤不成问题。’我望着随

风**起伏**的麦浪，却提不起兴趣。父亲说，‘今天我来考考你。’‘考我？’‘你能从这块地里找出一棵最小的麦子吗？’我忙在地里找了起来。不一会儿，我发现了一棵秸秆瘦小、颜色还很青的麦子，麦穗仅抽出两三粒吧。我随手掐来给父亲。‘这是最小的吗？’父亲问。‘当然，你看这穗子还只有两三粒呢！’父亲慢慢地说，‘孩子，你错了。如果现在把这棵麦子与其他的比起来，它确实是算小，但它还不是有许多穗子没抽出来吗？也许这麦子因为某种原因长

得慢些，但只要给它足够的养料与阳光，它也一定能抽出很大的穗子来！’我愣住了，向父亲深深地鞠了一躬，我便背起行李包回到了学校。两个月后，我终于考取了大学。父亲很高兴，说我是他最**骄傲**的麦子。”

“同学们，”老师提高了嗓门，“你们被编入五班，说明你们因为某种原因没有学好，就像麦穗因为某种原因而没有完全抽出来一样。但这并不说明你们就永远‘抽’不出来呀！”当时，教室里安静极了，不少人低下了头。老师

jì xù shuō xiàn zài lí gāo kǎo hái yǒu liǎng nián shí jiān
继续说：“现在离高考还有两年时间，
nǐ men wán quán kě yǐ tōng guò nǔ lì bǎ shī qù de bǔ
你们完全可以通过努力，把失去的补
huí lái qǐng xiāng xìn wǒ huì yǔ qí tā shòu kè lǎo shī yì
回来。请相信，我会与其他授课老师一
qǐ péi bàn nǐ men gěi nǐ men yáng guāng shuǐ fèn hé
起，陪伴你们，给你们阳光、水分和
yǎng liào nǐ men huì zhǎng chéng lìng zhōu wéi rén **guā mù xiāng**
养料。你们会长成令周围人**刮目相**
kàn de mài zi de
看的‘麦子’的！”

liǎng nián hòu wǔ bān duó dé le quán xiào gāo kǎo dì
两年后，五班夺得了全校高考第
yī míng
一名。

cóng cǐ yǐ hòu xué xiào bú zài àn chéng jì fēn bān
从此以后，学校不再按成绩分班。

为爱种一片树林

沉 石

法国南部的马尔蒂夫小镇上，有一位名叫希克力的男孩。在他16岁那年，相依为命的父亲不幸患上了一种**罕见**（难得见到；很少见到）的肺病。希克力陪同父亲**辗转**各大医院，医生们都束手无策，只是建议说：“如果病人能生活在空气新鲜的大森林里，改善呼吸环境，或许会有一线生机。”但这到底有多少希望，他们也不清楚。

遗憾的是，希克力父亲的身体已经非常虚弱，无法忍受长途旅行去有森

lín de dì fang shēng huó kàn zhe fù qīn de bìng yuè lái yuè
林的地方生活。看着父亲的病越来越
zhòng xī kè lì xīn jí rú fén tū rán tā líng jī yí
重，希克力**心急如焚**。突然，他灵机一
dòng wǒ wèi shén me bú zì jǐ zhòng zhí yì xiē shù ne
动：“我为什么不自己种植一些树呢？
děng zhè xiē shù zhǎng dà le yě xǔ fù qīn de bìng jiù zhēn
等这些树长大了，也许父亲的病就真
de hǎo qi lai le
的好起来了。”

fù qīn tīng shuō ér zi yào wèi zì jǐ zhòng shù hòu hěn
父亲听说儿子要为自己种树后，很
gǎn dòng què kǔ xiào zhe duì xī kè lì shuō wǒ men zhè
感动，却苦笑着对希克力说：“我们这
lǐ quē shǎo shuǐ yuán qì hòu gān zào tǔ rǎng pín jí ràng
里缺少水源，气候干燥，土壤贫瘠，让
yì kē shù cún huó tán hé róng yì hái shi suàn le ba
一棵树存活谈何容易？还是算了吧！”

dàn xī kè lì hái shi àn àn xià dìng
但希克力还是暗暗下定
jué xīn yí dìng yào zài zì
决心，一定要在自
jiā mén qián zhòng chū
家门前种出
yí piàn mào mì de
一片茂密的
shù lín lai
树林来，
yīn wèi zhè shì
因为这是

wéi yī ràng fù
唯一让父
qīn de shēng mìng dé
亲的生命得
yǐ yán xù de fāng fǎ
以**延续**的方法。

cóng cǐ xī kè lì zǎn xià fù
从此，希克力攒下父
qīn gěi tā de měi yì fēn líng huā qián
亲给他的每一分零花钱，
yǒu shí zǎo cān dōu shě bu dé chī zhōu
有时早餐都舍不得吃，周
mò tā hái huì dào zhèn shang qù mài bào zhǐ hé
末他还会到镇上去卖报纸和
zuò xiē xiǎo gōng zǎn le yì xiē qián hòu xī
做些小工。攒了一些钱后，希
kè lì jiù chéng chē dào sān bǎi duō gōng
克力就乘车到三百多公
lǐ wài qù mǎi shù miáo mài shù miáo de lǎo
里外去买树苗。卖树苗的老
bǎn jié fěi xùn quàn tā bú yào zuò
板杰斐逊劝他不要做

wú yòng gōng yīn wèi xiǎo zhèn
无用功，因为小镇
zì rán tiáo jiàn è liè shù mù
自然条件恶劣，树木
hěn nán chéng huó kě shì dāng
很难成活。可是当
dé zhī xī kè lì shì wèi le
得知希克力是为了
zhěng jiù fù qīn de shēng mìng
拯救父亲的生命
shí tā bèi shēn shēn de gǎn
时，他被深深地感
dòng le cǐ hòu tā mài gěi
动了。此后，他卖给
xī kè lì de shù miáo cháng cháng shōu bàn jià yǒu shí hái huì
希克力的树苗常常收半价，有时还会
sòng gěi tā yì xiē róng yì chéng huó de shù miáo bìng jiāo tā
送给他一些容易成活的树苗，并教他
yì xiē zāi péi zhī shi
一些栽培知识。

xī kè lì zài zì jiā mén qián wā kēng zāi péi chī lì
希克力在自家门前挖坑栽培，吃力
de tí zhe yì tǒng tǒng shuǐ guàn gài shù
地提着一桶桶水**灌溉**（把水输送到田地里）树
miáo yóu yú dāng dì gān hàn shǎo yǔ tǔ rǎng quē fá yǎng
苗。由于当地干旱少雨，土壤缺乏养
fèn dà bù fen shù miáo zhòng xià hòu hěn kuài jiù gān kū sǐ
分，大部分树苗种下后很快就干枯死
qù zhèn shang de hěn duō rén dōu quàn xī kè lì fàng qì zhè
去。镇上的很多人都劝希克力放弃这

ge yú chǔn de xiǎng fǎ dàn tā zǒng shì yí xiào zhì zhī
个“愚蠢”的想法，但他总是一笑置之。
měi tiān zǎo chén xī kè lì qǐ chuáng de dì yī jiàn shì jiù
每天早晨，希克力起床的第一件事就
shì qù kàn kan shù miáo yǒu méi yǒu kū sǐ zhǎng gāo le duō
是去看看树苗有没有枯死、长高了多
shǎo yì nián xià lái tā zuì chū zāi xià de yì bǎi duō zhū shù
少。一年下来，他最初栽下的一百多株树
miáo chéng huó le zhū
苗成活了43株。

cǐ shí de xī kè lì yǐ jīng gāo zhōng bì yè le dàn
此时的希克力已经高中毕业了，但
wèi le zhào gù fù qīn tā zhǔ dòng fàng qì le shàng dà xué
为了照顾父亲，他主动放弃了上大学
de jī huì yǒu rén shuō xī kè lì
的机会。有人说希克力
shén jīng cuò luàn yǒu rén shuō tā tài
神经错乱，有人说他太
yū fǔ gèng méi yǒu rén xiāng xìn zhè
迂腐，更没有人相信这
xiē gēn rén chā bu duō gāo de zhí wù
些跟人差不多高的植物
néng gòu wǎn jiù yí gè lián yī shēng
能够挽救一个连医生
dōu zhì bu hǎo de bìng rén xī kè
都治不好的病人。希克
lì cóng bù bǎ zhè xiē liú yán fēi yǔ
力从不把这些**流言蜚语**
fàng zài xīn shang zhǐ shì yì rú
放在心上，只是一如

没有永恒的幸福，却有永恒的爱。爱是一种坚持不懈的追求，爱是人类拥有的最伟大的情感。让我们播撒爱的种子，使人间到处都开出最美丽的花朵。

jì wǎng de zhòng zhe
既往地种着
shù miáo
树苗。

yì nián yòu yì
一年又一
nián guò qù le xī
年过去了，希
kè lì zhòng de shù
克力种的树
miáo yuè lái yuè duō
苗越来越多，
xǔ duō shù miáo yǐ jiàn
许多树苗已渐
jiàn zhǎng gāo zhǎng
渐长高长
cū xī kè lì jīng
粗。希克力经
cháng chān fú zhe fù qīn qù shù lín li sàn bù lǎo rén de liǎn
常搀扶着父亲去树林里散步，老人的脸
shang yě jiàn jiàn yǒu le hóng rùn ké sou bǐ yǐ qián shǎo duō
上也渐渐有了红润，咳嗽比以前少多
le tǐ zhì dà wéi zēng qiáng
了，**体质**大为增强。

cǐ shí zài méi yǒu rén jī xiào xī kè lì shì fēng zi
此时，再没有人讥笑希克力是疯子
le yīn wèi suǒ yǒu jū mín dōu qīn yǎn mù dǔ le lǜ sè shù mù
了，因为所有居民都亲眼目睹了绿色树木
de mó lì shù lín dài lái le xīn xiān de kōng qì yǐn lái le
的魔力。树林带来了新鲜的空气，引来了

gē chàng de xiǎo niǎo xiǎo zhèn biàn de yuè lái yuè měi lì le
歌唱的小鸟，小镇变得越来越美丽了。

xī kè lì zhòng shù zhěng jiù fù qīn shēng mìng de gù
希克力种树拯救父亲生命的故
shi zài bā lí guó jì diàn shì tái dì liù pín dào bō chū hòu bù
事在巴黎国际电视台第六频道播出后，不
shǎo méi tǐ fēn fēn zhuǎn bō xǔ duō rén bèi xī kè lì de xiào
少媒体纷纷转播。许多人被希克力的孝
shùn ài xīn tiǎo zhàn zì rán de yǒng qì yǐ jí bù qū bù
顺、爱心、挑战自然的勇气，以及不屈不
náo de jīng shén gǎn dòng de rè lèi yíng kuàng yì xiē jué zhēng
挠的精神感动得热泪盈眶。一些绝症
huàn zhě hái xiàng xī kè lì suǒ yào shù yè shuō nà shì xiàng
患者还向希克力索要树叶，说那是象
zhēng zhe shēng mìng de lǜ sè
征着生命的绿色。

xiǎo zhèn shang de rén yě fēn fēn cān yù dào zhòng shù de
小镇上的人也纷纷参与到种树的
háng liè zhōng shù lín yuè lái yuè duō miàn jī kuò dà dào le
行列中，树林越来越多，面积扩大到了
shù bǎi gōng qǐng fàng yǎn wàng qù xiǎo zhèn sì zhōu dōu shì
数百公顷。放眼望去，小镇四周都是
lǜ sè de píng zhàng
绿色的**屏障**（像屏风那样遮挡着的东西；多指山岭、岛屿等；遮挡着）。

nián suì de xī kè lì bèi bā lí shí
2004年，39岁的希克力被巴黎《时
shàng zhī dū zá zhì píng wéi fǎ guó zuì jiàn kāng zuì xiào shùn
尚之都》杂志评为法国最健康、最孝顺

de nán rén lìng xī kè lì xīn
的男人。令希克力欣
xǐ wàn fēn de hái bù zhǐ zhè xiē nián
喜万分的还不止这些，2005年
chū yī xué zhuān jiā duì xī kè lì fù qīn zài cì
初，医学专家对希克力父亲再次
zhěn zhì shí fā xiàn lǎo rén shēn shang de fèi bù
诊治时发现，老人身上的肺部
bìng zào yǐ jīng bù kě sī yì de xiāo shī le tā de fèi bù
病灶已经**不可思议**地消失了，他的肺部
rú tóng zhèng cháng rén yí yàng
如同正常人一样。

yī shēng gǎn kǎi de shuō zài zhè ge shì jiè shang
医生感慨地说：“在这个世界上，
ài shì zuì shén qí de lì liàng yǒu shí tā bǐ rèn hé xiān jìn
爱是最神奇的力量，有时它比任何先进
de yī liáo shǒu duàn dōu yǒu xiào shì ya zhǐ yào xīn zhōng
的医疗手段都有效！”是呀，只要心中
yǒu ài wú lùn zài duō me pín jí de tǔ rǎng li dōu néng
有爱，无论在多么贫瘠的土壤里，都能
zhǎng chū zuì cū zhuàng de shù mù
长出最粗壮的树木。

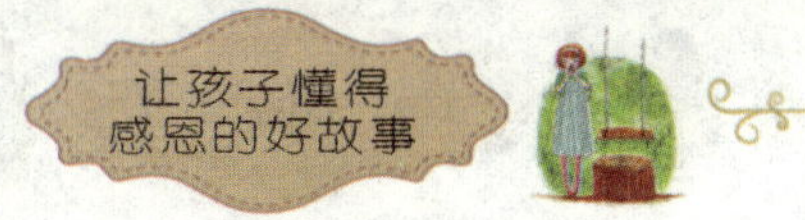

哦，原来你不是卓别林

艾　桦

13岁那年，他在学校主办的一场叫作“卓别林模仿大赛”的模仿秀上获得了一等奖。回家后，他立即**兴致勃勃**地把这个好消息告诉了母亲。兴奋之余，他忍不住还贴起了表演时的那撇小胡子，拿起雨伞，学着卓别林的模样在母亲跟前走起了

bā zì bù mò liǎo tā hái dé yì yáng yáng de duì mǔ qīn
八字步。末了，他还得意扬扬地对母亲

shuō píng wěi men dōu shuō wǒ de mó fǎng wéi miào wéi xiào
说：“评委们都说我的模仿**惟妙惟肖**，

jiǎn zhí jiù shì zhuó bié lín chóng shēng ne
简直就是卓别林重生呢！”

tā děng dài zhe mǔ qīn de kuā jiǎng mǔ qīn fǎn ér wèn
他等待着母亲的夸奖，母亲反而问

le tā yí gè mò míng qí miào de wèn tí nǐ shì shéi tā yí
了他一个莫名其妙的问题：“你是谁？”他一

xià zi lèng zài nàr wǒ shì nǐ ér zi ya
下子愣在那儿，“我是你儿子呀，

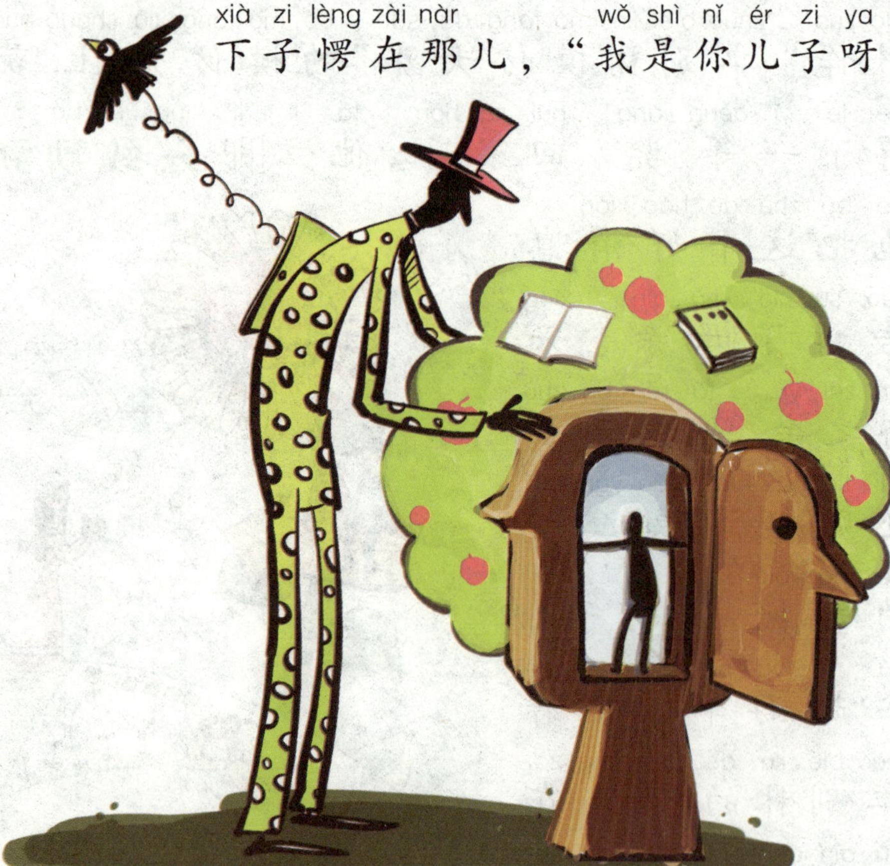

妈！”接着，他便听见母亲冷冷地说了声：“哦，原来你不是卓别林啊！”

母亲的神情与语气无疑给他泼了一盆冷水，让他一瞬间从扬扬自得里清醒过来。“哦，原来你不是卓别林啊！”他细细**揣摩**（反复思考推求）着这句话，知道母亲话里有话。

几年之后，美国好莱坞冉冉升起了一颗新星，他因独特的表演风格在演艺界崭露头角并逐渐走向成熟。2006年3月5日，他因在《卡波特》里成功地扮演了作家杜鲁门·卡

在人的一生中，会有很多目标和偶像值得我们去模仿。但在模仿他们的同时，千万不要忘记每个人都有自己的特点，无论怎么模仿都是在学习，而最终还是要做你自己。

bō tè yì jué ér wèn dǐng dì
波特一角而问鼎第
qī shí bā jiè ào sī kǎ jīn
七十八届奥斯卡金
xiàng jiǎng zuì jiā nán zhǔ
像奖最佳男主
jué zài tā huò jiǎng hòu de
角。在他获奖后的
sī rén rì jì li tā hái zhè
私人日记里，他还这
yàng xiě dào wǒ yào gǎn
样写道：“我要感
xiè wǒ de mǔ qīn shì tā
谢我的母亲。是她，
zài wǒ suì nà nián gǎi biàn le wǒ yào bù rán kǒng pà
在我13岁那年改变了我，要不然，恐怕
zhí dào jīn tiān wǒ hái jiāng chóu chú zài
直到今天我还将**踌躇**（犹豫；停留，徘徊不前）在
duì qián rén de mó fǎng li tā de huà ràng wǒ míng bai wǒ
对前人的模仿里。她的话让我明白，我
bù yīng gāi qù zuò shì jiè shang de dì èr ge zhuó bié lín ér
不应该去做世界上的第二个卓别林，而
yīng gāi qù zuò shì jiè shang de dì yī ge fēi lì pǔ
应该去做世界上的第一个菲利普。”

tā jiù shì dì qī shí bā jiè ào sī kǎ jīn xiàng jiǎng
他，就是第七十八届奥斯卡金像奖
zuì jiā nán zhǔ jué huò dé zhě fēi lì pǔ xī mó ěr huò
最佳男主角获得者：菲利普·西摩尔·霍
fū màn
夫曼。

暴　云

yǒu gè xiǎo hé shang měi tiān zǎo shang fù zé qīng sǎo sì
有个小和尚，每天早上负责清扫寺

miào yuàn zi li de luò
庙（供神佛或历史名人的处所；庙宇）院子里的落

yè zài lěng sōu sōu de qīng chén qǐ chuáng sǎo luò yè shí zài
叶。在冷飕飕的清晨起床扫落叶实在

shì yí jiàn kǔ chāi shi yóu qí zài qiū dōng zhī jì měi yí cì
是一件苦差事，尤其在秋冬之际，每一次

qǐ fēng shí shù yè biàn huì suí fēng fēi wǔ luò xià
起风时，树叶便会随风飞舞落下。

měi tiān zǎo shang dōu xū yào fèi xǔ duō shí jiān cái néng
每天早上都需要费许多时间才能

qīng sǎo wán shù yè zhè ràng
清扫完树叶，这让

xiǎo hé shang tóu tòng bù yǐ
小和尚头痛不已。

tā yì zhí xiǎng zhǎo gè hǎo bàn
他一直想找个好办

fǎ ràng zì jǐ qīng sōng xiē
法让自己轻松些。

hòu lái yǒu gè hé shang gēn tā
后来，有个和尚跟他

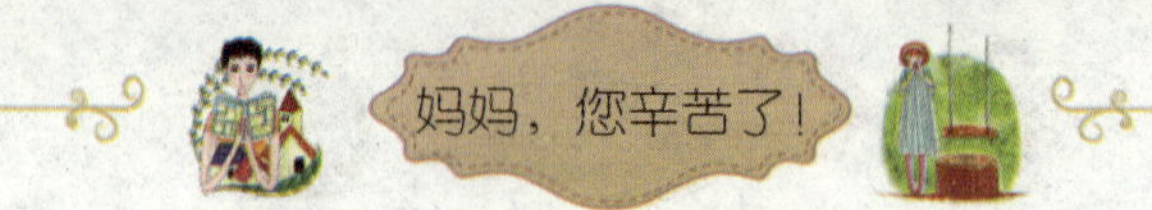

说："你在明天扫地之前先用力摇树，把落叶**统统**摇下来，后天就可以不用辛苦扫落叶了。"

小和尚觉得这真是个好办法，于是隔天他起了个大早，使劲地摇树。这样他就可以把今天跟明天的落叶一次扫干净了。一整天小和尚都非常开心。

第二天，小和尚到院子一看，他不禁傻眼了。院

zi li rú wǎng rì yí yàng luò yè
子里如往日一样落叶
mǎn dì
满地。

lǎo hé shang zǒu le guò
老和尚走了过
lái yì wèi shēn cháng de duì xiǎo
来，**意味深长**地对小
hé shang shuō shǎ hái zi wú
和尚说：“傻孩子，无
lùn nǐ jīn tiān zěn me yòng lì
论你今天怎么用力，
míng tiān de luò yè hái shi huì piāo
明天的落叶还是会飘
xia lai a
下来啊！”

xiǎo hé shang zhōng yú míng bai le shì shàng yǒu hěn
小和尚终于明白了，世上有很
duō shì shì wú fǎ tí qián wán chéng de wéi yǒu rèn zhēn de
多事是无法提前完成的，唯有认真地
huó zài xiàn zài cái shì zuì zhēn shí de rén shēng
活在现在，才是最真实的人生。

人非圣贤，每日都在尘世浮沉，在七情六欲中生活，因此难免要经受烦恼的折磨、利欲的炙烤。这就需要我们保持乐观向上的心境，从容地面对生活，热爱生命，从而领悟人生的真谛。

让生命化蛹成蝶

明飞龙

yí gè xiǎo hái xiàng mào chǒu lòu shuō huà kǒu chī
一个小孩，相貌丑陋，说话口吃，
ér qiě yīn wèi jí bìng dǎo zhì zuǒ liǎn jú bù má bì zuǐ jiǎo jī
而且因为疾病导致左脸局部**麻痹**，嘴角畸
xíng jiǎng huà shí zuǐ ba zǒng shì wāi xiàng yì biān hái yǒu yì
形，讲话时嘴巴总是歪向一边，还有一
zhī ěr duo shī cōng
只耳朵失聪。

wèi le jiǎo zhèng zì jǐ
为了矫正自己
de kǒu chī zhè ge hái zi mó
的口吃，这个孩子模
fǎng yí wèi gǔ dài de yǎn shuō
仿一位古代的演说
jiā zuǐ li hán zhe xiǎo shí zǐ
家，嘴里含着小石子
jiǎng huà kàn zhe zuǐ ba hé shé
讲话。看着嘴巴和舌
tou bèi shí zǐ mó làn de ér
头被石子磨烂的儿
zi mǔ qīn xīn téng de bào zhe
子，母亲心疼地抱着

tā liú zhe yǎn lèi shuō bú yào liàn le mā ma yí bèi zi
他流着眼泪说："不要练了，妈妈一辈子

péi zhe nǐ dǒng shì de tā tì mā ma cā zhe yǎn lèi shuō
陪着你。"懂事的他替妈妈擦着眼泪说：

mā ma shū shang shuō měi yì zhī piào liang de hú dié dōu
"妈妈，书上说，每一只漂亮的蝴蝶，都

shì zì jǐ chōng pò shù fù tā de jiǎn zhī hòu cái biàn chéng
是自己冲破束缚它的茧之后才变成

de wǒ yào zuò yì zhī měi lì de hú dié
的。我要做一只美丽的蝴蝶。"

hòu lái tā néng liú lì de jiǎng huà le yīn wèi tā
后来，他能流利地讲话了。因为他

de qín fèn hé shàn liáng zhōng xué bì yè shí tā bù jǐn qǔ
的勤奋和善良，中学毕业时，他不仅取

dé le yōu yì de chéng jì hái yíng
得了优异的成绩，还赢

这是一个很形象的比喻，以此来说明所有理想的实现都要付出艰辛和努力。从这些语言里，我们能看出来小男孩的坚强和勇敢，让人敬佩。

得了良好的人缘。

1993年10月，他参加全国总理大选。他的对手**居心叵测**（存心险恶，不可推测）地利用电视广告夸张他的脸部缺陷，然后写上这样的广告词：“你要这样的人来当你的总理吗？”但是，这种极不道德、带有人格侮辱的攻击招致了大部分选民的愤怒和**谴责**（责备；严正申斥）。他的成长历程被人们知道后，赢得了选民的极大同情和尊敬。他说的“我要带领国家和人民成为一只美丽的蝴蝶”的竞选口号，使他以高票数当选为总理，并在

1997年再次获胜，连任总理。人们亲切地称他为“蝴蝶总理”。他就是加拿大第一位连任的总理让·克雷蒂安。

是的，有些东西我们无法改变，比如**低微**的门第、丑陋的相貌、痛苦的遭遇，这些都是我们生命的“茧”。但有些东西则人人都可以选择，比如自尊、自信、毅力和勇气，它们是帮助我们穿破命运之茧、由蛹化蝶的生命之剑。

命运掌握在自己手中，不要因为自己先天条件不好就怨天尤人。其实，只要肯付出努力，向自己心中的理想进发，你也会让自己的生命化蛹成蝶的。

这里将“自尊、自信、毅力、勇气”比作是穿破命运之茧的生命之剑，总结全文，鼓舞读者。

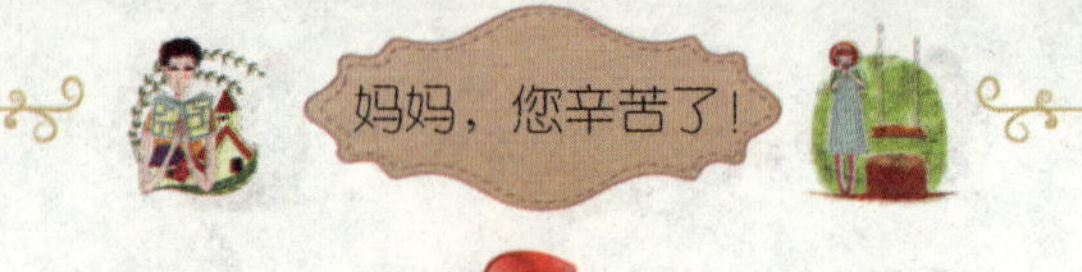

父亲的背

田信国

wǒ chū shēng zài yí
我出生在一
gè piān pì de xiǎo shān
个偏僻的小山
cūn tóng cūn li suǒ yǒu de
村。同村里所有的
hái zi yí yàng wǒ yǒu
孩子一样，我有
téng ài zì jǐ de fù qīn hé mǔ qīn dàn tóng
疼爱自己的父亲和母亲，但同
qí tā hái zi bù yí yàng de shì wǒ de shuāng
其他孩子不一样的是我的双
tuǐ cán jí bù néng zhèng cháng zǒu lù
腿残疾，不能正常走路。

nà shì zài wǒ liǎng suì de shí hou yīn xiǎo
那是在我两岁的时候因小
ér má bì liú xià de hòu yí zhèng cóng nà shí
儿麻痹留下的后遗症。从那时
kāi shǐ wǒ nián de jì yì biàn chōng mǎn le fù qīn de bèi
开始，我17年的记忆便充满了父亲的背
hé bèi shang nà gǔ dàn dàn de hàn wèi yě xǔ bié de cán jí
和背上那股淡淡的汗味。也许别的残疾

hái zi yǒu lún yǐ
孩子有**轮椅**（装有轮子的椅子，通常供行走困难的人使
yǒu tuī chē dàn pín qióng de fù qīn zhǐ yǒu tā de bèi
用），有推车，但贫穷的父亲只有他的背，
hòu shí ér tǐng zhí de bèi wú lùn xià dì gàn huó hái shi zǒu qīn
厚实而挺直的背。无论下地干活还是走亲
fǎng yǒu fù qīn zǒu dào nǎr zǒng shì bǎ wǒ bēi dào nǎr
访友，父亲走到哪儿，总是把我背到哪儿，
wǒ zài fù qīn de bèi shang jiàn jiàn de zhǎng dà
我在父亲的背上渐渐地长大。

děng wǒ zhǎng dào suì shí cūn li tóng líng de xiǎo huǒ
等我长到9岁时，村里同龄的小伙
bàn dōu shàng le sān nián jí ér wǒ què zhǐ néng dāi zài jiā
伴都上了三年级，而我却只能待在家
li fù qīn wèi cǐ yóu yù le hěn jiǔ zhōng yú yǒu
里。父亲为此犹豫了很久。终于有

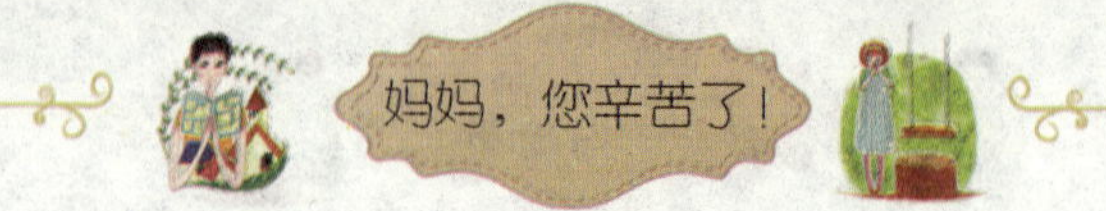

yì tiān fù qīn bǎ wǒ bēi jìn le jiào shì cóng nà yǐ hòu
一天，父亲把我背进了教室。从那以后，
fù qīn měi tiān lái lái huí huí de bēi zhe wǒ fēng li lái yǔ
父亲每天来来回回地背着我，风里来，雨
li qù cóng wèi jiàn duàn yě cóng wèi chí dào guo kàn zhe
里去，从未**间断**，也从未迟到过。看着
fù qīn rì jiàn chén zhòng de jiǎo bù wǒ zhēn hèn bu dé xué
父亲日渐沉重的脚步，我真恨不得学
xiào jiù zài zì jiā mén kǒu zhè yàng fù qīn jiù kě yǐ shǎo zǒu
校就在自家门口，这样父亲就可以少走
xǔ duō lù wǒ gèng hèn zì jǐ zhǎng de tài kuài tài zhòng
许多路，我更恨自己长得太快、太重，
yīn wèi zhè yàng gèng jiā zhòng le fù qīn de fù dān shǐ de
因为这样更加重了父亲的负担，使得
fù qīn měi zǒu yí bù dōu yuè lái yuè chī lì le wǒ nèi xīn de
父亲每走一步都越来越吃力了，我内心的

忧愁也日益加重了。我的未来怎么办？我还有未来吗？

然而在我16岁那年，一件**意想不到**的事情发生了。那一回，我无聊地跟着电视学唱歌。父亲突然兴奋起来，似乎看到了一丝希望，他要我好好地练，好好地唱。从此，一有空，父亲就背着我到河畔田头或村外树下练习唱歌。那年的“五四”青年节，县里举办歌手比赛，父亲背上我去报了名。没想到，我竟得了个三等奖。接着，父亲又背上我参加地区比赛，又拿

望子成龙的父亲忍受着病痛，默默地用爱温暖身残志坚的儿子的心。儿子成功了，但父亲的背却不再挺拔。父爱不仅仅是泪水与血汗的凝结，还是一种透过灵魂、无私忘我的奉献与关怀。

了个特别奖。这件事对我和父亲**触动**很大，父亲便下了决心，要背着我去省城拜师学唱歌。

一个柳绿桃红的时节，父亲不顾多年落下的腰痛病，把我背出家门，背出山村，背到了几十公里外的省城。老师的家太高了，住在五楼，然而父亲并没有犹豫，只是习惯地将我向上一抖，便向楼上爬去。一个台阶又一个台阶，一层楼又一层楼，父亲的脚步渐渐地由快变慢，甚至在颤抖。我心疼地要父亲放下我歇一会儿，可父亲

pà fàng xia lai biàn zài yě bēi
怕放下来便再也背
bu shàng qù yìng shì yǎo zhe
不上去，硬是咬着
yá bǎ wǒ bēi shàng le lǎo shī
牙，把我背上了老师
de jiā zhè wǔ céng lóu shàng
的家。这五层楼，上
bǎi gè tái jiē fù qīn yí bù
百个台阶，父亲一步
yí bù bēi shàng bēi xià zhè yì
一步背上背下。这一
bēi jìng yòu shì zhěng zhěng yì nián jiù zhè yàng wǒ zài fù qīn
背竟又是整整一年。就这样，我在父亲
de bèi shang jiān nán de zǒu xiàng yīn yuè zhī lù
的背上，艰难地走向音乐之路。

yòu yí gè **chūn nuǎn huā kāi** de rì zi fù qīn yào bēi
又一个**春暖花开**的日子，父亲要背
zhe wǒ lí kāi shěng chéng qù gèng yuǎn de dì fang fàng fēi
着我离开省城，去更远的地方，放飞
wǒ de gē shēng fàng fēi wǒ de mèng xiǎng lín xíng
我的歌声，放飞我的梦想……临行
qián wǒ yòng yí gè ér zi de quán bù shēn xīn bāng fù qīn
前，我用一个儿子的全部身心帮父亲
róu bèi róu yi róu zhè céng jīng bǐ zhí què jiàn jiàn wān le de
揉背，揉一揉这曾经笔直却渐渐弯了的
bèi róu yi róu zhè bēi le wǒ nián yě xǔ hái huì yì zhí
背，揉一揉这背了我17年，也许还会一直
bēi xia qu de bèi fù qīn de bèi
背下去的背，父亲的背。

发现希望

杨 行

nián yuè
1973 年 12 月，
kěn ní chū shēng zài měi guó bīn
肯尼出生在美国宾
xī fǎ ní yà zhōu lā kūn
夕法尼亚州拉昆
cūn dāng mǔ qīn kàn dào yīng
村。当母亲看到婴
ér zhǐ yǒu bàn jié shēn tǐ
儿只有半截身体
shí kū de sǐ qù huó lái zuò fù qīn de bǐ jiào lěng jìng
时，哭得**死去活来**。做父亲的比较冷静，
zài sān ān wèi qī zi wǒ men yào miàn duì xiàn shí bú yào
再三安慰妻子：“我们要面对现实，不要
jué wàng shēng mìng hái zài xī wàng hái zài
绝望。生命还在，希望还在。”

kěn ní suì bàn de shí hou zuò le liǎng cì shǒu shù
肯尼1岁半的时候做了两次手术，
yāo yǐ xià de shén jīng wú fǎ huī fù lián zuò dōu chéng le wèn
腰以下的神经无法恢复，连坐都成了问
tí yī shēng què quàn kěn ní de mǔ qīn fán shì yào jǐn liàng
题。医生却劝肯尼的母亲：凡事要尽量

kào tā zì jǐ de yì zhì hé néng lì qù zuò mǔ qīn jiē shòu
靠他自己的意志和能力去做。母亲接受
le yī shēng de zhōng gào jǐn liàng ràng kěn ní liào lǐ zì jǐ
了医生的忠告，尽量让肯尼料理自己
de shì qing shù yuè hòu kěn ní jìng qí jì bān de zuò le qǐ
的事情。数月后，肯尼竟奇迹般地坐了起
lái bù jiǔ tā kāi shǐ cháng shì yòng shuāng shǒu zǒu lù
来。不久，他开始尝试用双手走路。

kěn ní kāi shǐ shàng xué le měi tiān dōu yào zhuāng
肯尼开始上学了，每天都要装
shàng zhòng dá gōng jīn de jiǎ zhī hé yì jié jiǎ dòng tǐ
上重达6公斤的假肢和一截假**胴体**（躯
zuò zhe lún yǐ shàng cè suǒ hěn bù fāng
干；指人的躯体）。坐着轮椅上厕所很不方
biàn měi cì dōu yǒu tóng xué bāng zhù tā zài zhè yàng de huán
便，每次都有同学帮助他。在这样的环
jìng xūn táo xià jiā shàng jǐ wèi lǎo shī de ài hù shǐ kěn ní
境**熏陶**下，加上几位老师的爱护，使肯尼

de xīn líng dé dào jí dà de jìng huà tā ài shēng mìng ài
的心灵得到极大的净化。他爱生命，爱
shēn biān de měi yí gè rén
身边的每一个人。

kěn ní shì gè shè yǐng mí yì yǒu kòng tā jiù guà
肯尼是个摄影迷。一有空，他就挂
shàng xiàng jī yáo lún yǐ dào fù jìn gōng yuán qù tā yì
上相机，摇轮椅到附近公园去。他一
biān gěi rén pāi zhào yì biān shuō nǐ de yǎn jing zhēn piào
边给人拍照，一边说：“你的眼睛真漂
liang děng zhào piàn xǐ chu lai wǒ yào guà zài fáng jiān li zuò
亮，等照片洗出来我要挂在房间里做
zhuāng shì shuō de gū niang men xǐ zī zī de tā bāng
装饰。”说得姑娘们**喜滋滋**的。他帮
mā ma mǎi dōng xi yǒu shí yě tì lín ju
妈妈买东西，有时也替邻居
xǐ chē jiǎn cǎo zhè duì yí gè
洗车、剪草。这对一个
méi yǒu xià zhī de rén lái shuō yào
没有下肢的人来说，要
yǒu duō dà de yì lì a
有多大的毅力啊！

rú jīn kěn ní yǐ jīng shì
如今，肯尼已经是
jiā ná dà de xiǎo yǐng xīng le tā
加拿大的小影星了。他
chéng gōng de zhǔ yǎn le yǐng piàn xiǎo
成功地主演了影片《小
xiōng dì tā duì jì zhě shuō wǒ zài
兄弟》。他对记者说：“我在

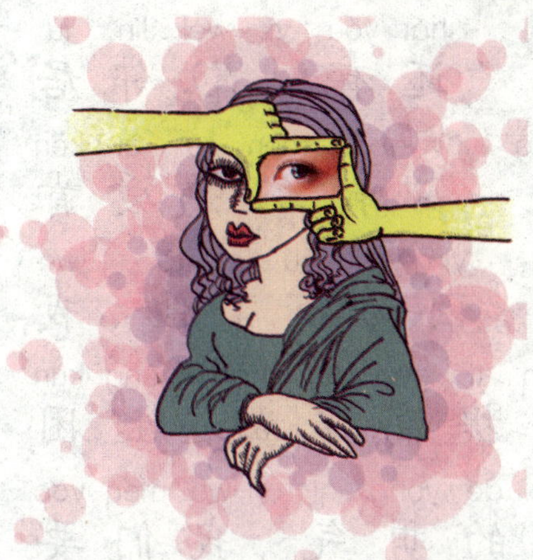

shēng huó zhōng méi yǒu kùn nan yù
生活中没有困难，遇
dào kùn nan jiù hé dà jiā yí
到困难就和大家一
yàng zhǎo chū fāng fǎ jiě jué
样，找出方法解决。”

xiǎo zhèn shang jī hū měi
小镇上，几乎每
gè rén dōu mí liàn zhe kěn ní yǒu
个人都**迷恋**着肯尼。有
gè lǎo tài tai měi tiān dōu zhàn zài mén kǒu jiù shì wèi le duō
个老太太每天都站在门口，就是为了多
kàn tā yì yǎn
看他一眼。

wèi shén me rén men dōu mí
为什么人们都迷
liàn zhǐ yǒu bàn jié shēn tǐ de shào
恋只有半截身体的少
nián kěn ní ne
年肯尼呢？

kěn ní de lín ju qiáo ān
肯尼的邻居乔安
shuō měi gè rén dōu yǒu fán nǎo
说：“每个人都有烦恼。
dàn shì zhǐ yào kàn dào kěn ní jiù
但是只要看到肯尼，就
huì jué de zì jǐ de fán nǎo shì hé
会觉得自己的烦恼是何
děng de miǎo xiǎo
等的渺小。”

身残志坚的肯尼用精神感动着身边的人，也感动着我们的心。与他相比，我们还有什么好抱怨的呢？

hái yǒu yí wèi lín ju
还有一位邻居
shuō wǒ men rè ài kěn
说："我们热爱肯
ní yīn wèi yǒu le tā wǒ
尼。因为有了他，我
men tí gāo le zhàn shèng kùn
们提高了战胜困
nan de yǒng qì wǒ men yào
难的勇气。我们要
xiàng kěn ní nà yàng duì
像肯尼那样，对
shēng huó chōng mǎn zì xìn
生活充满自信！"

jiǎ rú mìng yùn zhé duàn le xī wàng de fēng fān qǐng
假如命运折断了希望的风帆，请
bú yào jué wàng àn hái zài jiǎ rú mìng yùn diāo líng le měi
不要绝望，岸还在；假如命运凋零了美
lì de huā bàn qǐng bú yào chén lún
丽的花瓣，请不要**沉沦**（陷入罪恶的、痛苦的境
chūn hái zài shēng huó zǒng huì yǒu wú jìn de má fan
地），春还在；生活总会有无尽的麻烦，
qǐng bú yào wú nài yīn wèi lù hái zài mèng hái zài yáng
请不要无奈，因为路还在，梦还在，阳
guāng hái zài wǒ men hái zài
光还在，我们还在。

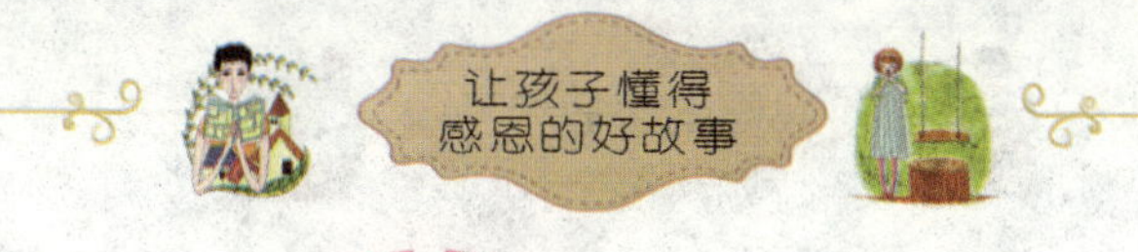

珍爱光明

［美国］海伦·凯勒

yǒu xiē shí hou wǒ bù shuō huà nǎo dài li què zài sī
有些时候，我不说话，脑袋里却在思
kǎo tǎng ruò měi yí gè rén zài tā de qīng shào nián shí qī dōu
考：倘若每一个人在他的青少年时期都
jīng lì yí duàn xiā zi yǔ lóng zi de shēng huó nà gāi shì duō
经历一段瞎子与聋子的生活，那该是多
me měi miào de shì a hēi àn jiāng shǐ tā gèng jiā zhēn xī
么美妙的事啊！黑暗将使他更加珍惜
guāng míng jì jìng jiāng shǐ tā
光明，寂静将使他
gèng jiā xǐ ài shēng yīn
更加喜爱声音。

wǒ jīng cháng xún wèn
我经常询问
wǒ nà xiē shēn tǐ háo wú cán
我那些身体毫无残
jí de péng you wèn tā men
疾的朋友，问他们

通过对比描写来告诉读者一个深刻的道理：美好的东西不要等到失去的时候才想起来珍惜。

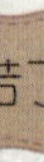

kàn dào le shén me　yǒu yì tiān　wǒ de yí wèi hǎo yǒu lái kàn
看到了什么。有一天，我的一位好友来看
wǒ　tā shuō tā gāng cái zài sēn lín li sàn bù　tū rán xiǎng
我，她说她刚才在森林里散步，突然想
lái kàn wǒ　wǒ wèn tā dōu kàn dào le xiē shén me　tā huí dá
来看我。我问她都看到了些什么，她回答
shuō　yí qiè dōu shì lǎo yàng zi　rú guǒ wǒ bú shì xí
说："一切都是老样子。"如果我不是习
guàn tīng zhè yàng de huí dá　nà wǒ yí dìng huì duì tā biǎo shì
惯听这样的回答，那我一定会对它表示
huái yí　yīn wèi wǒ zǎo jiù zhī dào　nà xiē měi hǎo de dōng
怀疑，因为我早就知道，那些美好的东
xi yǎn jing shì kàn bu dào de
西眼睛是看不到的。

wǒ cháng zì yán zì yǔ　zài
我常**自言自语**，在
sēn lín li zǒu le yí gè duō xiǎo
森林里走了一个多小
shí　què méi yǒu fā xiàn shén
时，却没有发现什
me zhí dé zhù yì de dōng
么值得注意的东
xi　zhè zěn me kě néng
西。这怎么可能
ne　yīn wèi wǒ zhè ge
呢？因为我这个
xiā le yǎn jing de rén
瞎了眼睛的人，
jǐn jǐn kào chù jué jiù
仅仅靠触觉就

néng fā xiàn xǔ xǔ duō duō yǒu qù de dōng xi wǒ qīng chu de
能发现许许多多有趣的东西。我清楚地
gǎn shòu zhe yún chèn de nèn yè wǒ ài fǔ
感受着**匀称**（均匀；比例和谐）的嫩叶，我爱抚
de yòng shǒu mō zhe bái liǔ shù guāng huá de wài pí huò shì
地用手摸着白柳树光滑的外皮，或是
sōng shù cū cāo de biǎo pí chūn tiān wǒ mō suǒ zhe zhǎo xún
松树粗糙的表皮。春天，我摸索着找寻
shù zhī shang de yá bāo zhǎo xún zhe dà zì rán dōng mián hòu
树枝上的芽苞，找寻着大自然冬眠后
xǐng lái de dì yī gè biāo zhì
醒来的第一个标志。

qí tè juǎn qū de guāng huá huā
奇特卷曲的光滑花
bàn zài wǒ shǒu zhōng sàn fā zhe
瓣在我手中散发着
qīng xiāng wǒ zài dà zì
清香。我在大自
rán de huái bào li gǎn
然的怀抱里感
shòu zhe qiān qí bǎi
受着千奇百

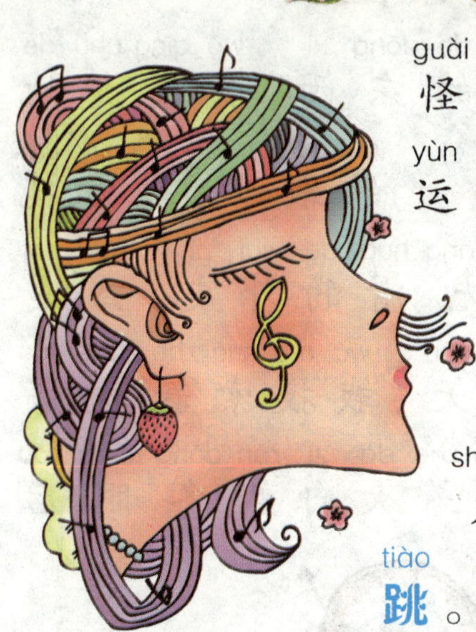

guài de shì wù ǒu ěr rú guǒ xìng
怪的事物。偶尔，如果幸
yùn de huà wǒ bǎ shǒu qīng qīng de
运的话，我把手轻轻地
fàng zài yì kē xiǎo shù shang
放在一棵小树上，
jiù néng gǎn jué dào xiǎo niǎo fàng
就能感觉到小鸟放
shēng gē chàng shí de huān bèng luàn
声歌唱时的**欢蹦乱**
tiào wǒ xǐ huan ràng qīng liáng de quán
跳。我喜欢让清凉的泉
shuǐ cóng zhāng kāi de zhǐ jiān liú guò duì yú wǒ lái shuō
水从张开的指间流过。对于我来说，
néng zǒu zài qīng ruǎn de cǎo dì shang
能走在轻软的草地上
huò fēn fāng de luò yè pū chéng de
或芬芳的落叶铺成的
dào lù shang bǐ zǒu zài háo huá de
道路上，比走在豪华的
bō sī dì tǎn shang gèng xìng fú
波斯地毯上更幸福。
sì jì de biàn huàn jiù xiàng yí mù
四季的变换就像一幕
mù lìng rén jī dòng de wú xiū wú
幕令人激动的、无休无
zhǐ de xì jù tā men de xíng dòng
止的戏剧，它们的行动
cóng wǒ de zhǐ jiān liú guò
从我的指间流过。

奋斗的道路并不总是一帆风顺，任何成功的开始都是由点滴做起。放低自己，是一种人生态度。不怕被埋没，脚踏实地，今天的放低，是为了明天飞得更高。

yǒu shí wǒ zài nèi xīn li hū huàn zhe qǐng qiú gěi wǒ
有时，我在内心里呼唤着，请求给我
yì shuāng míng liàng de yǎn jing ba jǐn jǐn mō yi mō jiù gěi
一双明亮的眼睛吧，仅仅摸一摸就给
le wǒ rú cǐ jù dà de huān lè rú guǒ yào néng kàn dào
了我如此巨大的欢乐，如果要能看到，
nà gāi shì duō me lìng rén gāo xìng a rán ér nà xiē yǒu shì
那该是多么令人高兴啊！然而，那些有视
lì de rén què má mù de gǎn shòu zhe shì jiè tā men bǎ chōng
力的人却麻木地感受着世界，他们把充
mǎn xuàn lì duō cǎi de jǐng sè hé qiān zī bǎi tài
满**绚丽**（灿烂美丽）多彩的景色和**千姿百态**
de biǎo yǎn dōu rèn wéi shì lǐ suǒ dāng rán de rén lèi jiù shì
的表演都认为是理所当然的。人类就是
zhè ge máo bìng duì yǐ yǒu de dōng xi wǎng wǎng yì diǎnr
这个毛病，对已有的东西往往一点儿
dōu bù zhēn xī què qù xiàng wǎng nà xiē zì jǐ suǒ méi yǒu de
都不珍惜，却去向往那些自己所没有的
dōng xi zhè shì fēi cháng kě xī de zài guāng míng de shì
东西，这是非常可惜的，在光明的世
jiè li jiāng shì lì de
界里，将视力的
tiān fù zhǐ kàn zuò shì wèi
天赋只看作是为
le fāng biàn ér bú kàn
了方便，而不看
zuò shì chōng shí shēng huó
作是充实生活
de shǒu duàn
的手段。

柔韧的抗衡

若风尘

jiù jiu xǐ huan yòng shēn shān li de lóng xū téng biān
舅舅喜欢用深山里的龙须藤编

zhī lì lán ér wǒ duì lóng xū téng shì bú xiè yí gù de rèn
织栗篮，而我对龙须藤是不屑一顾的，认

wéi tā guò yú róu ruǎn shì nà zhǒng pān fù zài shù shēn shang
为它过于柔软，是那种**攀附**在树身上

de jì shēng téng méi yǒu gǔ qì yú shì biān lán shí wǒ
的寄生藤，没有骨气。于是，编篮时，我

zhí yì xuǎn zé yì zhǒng jìng
执意选择一种径

zhí xiàng zhe yáng guāng shēng
直向着阳光生

zhǎng de jīng tiáo yáng gāng
长的荆条，阳刚

ér xiù qí
而**秀颀**（美而高）。

lán zi biān hǎo hòu
篮子编好后，

jiù pài shàng le yòng chǎng
就派上了用场。

cǎi bǎn lì shí tōng cháng yào
采板栗时通常要

从高高的栗子树上抛下来，不几天，我编的荆条篮就因反复撞击坚硬的岩石而变形**溃散**（军队被打垮而逃散）。令人惊奇的是，舅舅编的篮子却完好如初。看到我迷惑不解的神情，舅舅微笑着说：“有时候，柔韧比刚硬更具优势。如这两只篮子，当牢固结实的荆条篮被摔得崩溃、断裂时，**柔韧**无比的龙须藤篮却伸屈自如，不折不挠。”

柔韧是一种面对生活的态度。柔韧就是平和地面对一切，这会让困难看起来更加柔和，让坎坷不再那样猛烈。

能屈能伸、不折不挠才是生活的真谛。也许一只藤制的篮子看上去没有荆制的结实，但是只有在经历了风雨的洗礼后才能知道，柔韧也是另一种刚强！

rú guǒ shēng mìng yě shì yì zhī lán zi rú guǒ tā zhèng zāo yù kǔ nàn cuò zhé de zhuàng jī wǒ men yě xǔ yīng gāi xuǎn zé róu rèn lái zuò xīn líng de fáng hù wǎng tā bǐ gāng qiáng de duì kàng gèng bú yì shòu shāng gèng néng chéng shòu mìng yùn de jǐ yā

如果生命也是一只篮子，如果它正遭遇苦难、挫折的撞击，我们也许应该选择柔韧来做心灵的防护网，它比**刚强**的对抗更不易受伤，更能承受命运的挤压。

巨人——生活强者海伦·凯勒

[美国]海伦·凯勒

ěr lóng de hái zi rú guǒ pò qiè xiǎng yòng zuǐ shuō chū nà xiē tā cóng lái méi yǒu tīng guo de zì，xiǎng zǒu chū nà sǐ yì bān de jì jìng shì jiè，bǎi tuō nà méi yǒu ài hé wēn nuǎn、méi yǒu chóng míng niǎo jiào、méi yǒu měi miào yīn yuè de shēng huó，tā jiù zěn me yě bú huì wàng jì，dāng tā shuō chū dì yī ge zì shí，nà xiàng diàn liú yí yàng tōng biàn quán shēn de jīng xǐ ruò kuáng de gǎn jué。zhǐ yǒu zhè yàng de rén cái zhī dào，wǒ shì

耳聋的孩子如果迫切想用嘴说出那些他从来没有听过的字，想走出那死一般的寂静世界，摆脱那没有爱和温暖、没有虫鸣鸟叫、没有美妙音乐的生活，他就怎么也不会忘记，当他说出第一个字时，那像电流一样通遍全身的**惊喜若狂**的感觉。只有这样的人才知道，我是

huái zhe duō me rè qiè de xīn
怀着多么热切的心
qíng tóng wán jù shí tou
情同玩具、石头、
shù mù niǎo ér yǐ jí bú
树木、鸟儿以及不
huì jiǎng huà de dòng wù shuō
会讲话的动物说
huà de zhǐ yǒu zhè yàng de
话的；只有这样的
rén cái zhī dào dāng mèi mei
人才知道，当妹妹
néng tīng dǒng wǒ de **zhāo**
能听懂我的**招**
hu nà xiē xiǎo gǒu néng tīng cóng wǒ de mìng lìng shí wǒ nèi
呼，那些小狗能听从我的命令时，我内
xīn shì hé děng xǐ yuè
心是何等喜悦。

dàn shì qiān wàn bú yào yǐ wéi zài zhè duǎn duǎn de shí
但是，千万不要以为在这短短的时
jiān nèi wǒ zhēn de jiù néng shuō huà le wǒ zhǐ shì xué huì le
间内，我真的就能说话了。我只是学会了
yì xiē shuō huà de jī běn yào lǐng ér qiě zhǐ yǒu fù lè xiǎo
一些说话的基本要领，而且只有富勒小
jiě hé shā lì wén lǎo shī néng gòu míng bai wǒ de yì si qí
姐和莎莉文老师能够明白我的意思，其
tā rén zhǐ néng tīng dǒng qí zhōng hěn xiǎo yí bù fen zài wǒ xué
他人只能听懂其中很小一部分。在我学
huì le zhè xiē jī běn yǔ yīn yǐ hòu tǎng ruò méi yǒu shā lì wén
会了这些基本语音以后，倘若没有莎莉文

lǎo shī de tiān cái yǐ jí tā jiān chí bú xiè de nǔ lì wǒ
老师的天才，以及她坚持不懈的努力，我
bù kě néng huì rú cǐ shén sù de xué huì zì rán de yán yǔ
不可能会如此神速地学会自然的言语。

wǒ wú fǎ jì bǐ jì yīn wèi wǒ de shǒu zhèng máng
我无法记笔记，因为我的手正忙
yú tīng jiǎng tōng cháng shì huí jiā hòu cái bǎ nǎo zi li jì
于听讲。通常是回家后，才把脑子里记
dé de gǎn kuài jì xia lai wǒ zuò de liàn xí hé měi tiān de
得的，赶快记下来。我做的练习和每天的
duǎn piān zuò wén píng lùn xiǎo cè yàn qī zhōng kǎo shì jí
短篇作文、评论、小测验、期中考试及
qī mò kǎo shì děng dōu shì yòng dǎ zì jī wán chéng de zài
期末考试等，都是用打字机完成的。在
wǒ kāi shǐ xué xí lā dīng wén yùn lǜ shí wǒ zì jǐ shè jì
我开始学习拉丁文**韵律**时，我自己设计
le yí tào néng shuō míng
了一套能说明
shī de gé lǜ hé yīn yùn
诗的格律和音韵
de fú hào bìng xiáng xì
的符号，并详细
jiě shì gěi lǎo shī tīng
解释给老师听。

wǒ suǒ xué xí de
我所学习的
gè zhǒng jiào cái hěn
各种教材很
shǎo shì máng wén běn
少是盲文本

de yīn cǐ bù dé bù qǐng bié
的，因此不得不请别
ren jiāng nèi róng pīn xiě zài wǒ
人将内容拼写在我
shǒu zhōng yú shì yù xí gōng
手中，于是预习功
kè de shí jiān yě yào bǐ bié de
课的时间也要比别的
tóng xué duō de duō yǒu shí
同学多得多。有时，
yì diǎnr xiǎo shì yào fù chū
一点儿小事要付出

hěn dà de xīn xuè zhè shǐ wǒ bù miǎn jí zào qi lai yì
很大的心血，这使我不免**急躁**起来。一
xiǎng dào wǒ yào huā fèi hǎo jǐ gè
想到我要花费好几个
xiǎo shí cái néng dú jǐ gè zhāng
小时才能读几个章
jié ér bié de tóng xué dōu zài wài
节，而别的同学都在外
miàn xī xiào chàng gē tiào wǔ
面嬉笑、唱歌、跳舞，
gèng jué de wú fǎ rěn shòu dàn shì
更觉得无法忍受。但是
bù duō yí huìr wǒ jiù yòu zhèn
不多一会儿，我就又**振**
zuò qǐ
作（精神旺盛，情绪高涨；奋发）起
jīng shen bǎ zhè xiē fèn mèn bù píng
精神，把这些愤懑不平

海伦以其超常的意志和耐力，给我们的心灵以深深的震撼。她的故事告诉我们：不仅要做人，更要做有信念的巨人。

yí xiào zhì zhī yīn wèi yí gè rén yào dé dào zhēn cái shí xué
一笑置之。因为一个人要得到真才实学，
jiù bì xū zì jǐ qù pān dēng qí shān xiǎn fēng jì rán rén
就必须自己去攀登奇山险峰。既然人
shēng de dào lù shang shì méi yǒu rèn hé jié jìng de wǒ jiù
生的道路上是没有任何捷径的，我就
děi zǒu zì jǐ de yū huí qū zhé de xiǎo lù wǒ huá luò guo
得走自己的迂回曲折的小路。我滑落过
hǎo jǐ cì diē dǎo pá bu shàng qù zhuàng dào yì xiǎng
好几次，跌倒，爬不上去，撞到意想
bú dào de zhàng ài jiù fā pí qì jiē zhe yòu zhì fú zì jǐ
不到的障碍就发脾气，接着又制伏自己
de pí qì rán hòu yòu xiàng shàng bá shè
的脾气，然后又向上**跋涉**（爬山蹚水，形容旅途艰苦）。
měi dé dào yì diǎnr jìn bù biàn shòu dào le
每得到一点儿进步，便受到了
yí fèn gǔ wǔ wǒ de xīn yuè lái yuè rè qiè fèn yǒng pān
一份鼓舞。我的心越来越热切，奋勇攀
dēng jiàn jiàn kàn jiàn le gèng wéi guǎng kuò de shì jiè měi cì
登，渐渐看见了更为广阔的世界。每次
dòu zhēng dōu shì yí cì shèng lì zài jiā yì bǎ jìnr wǒ
斗争都是一次胜利，再加一把劲儿，我

每个人的生命旅程沿途的风光都不尽相同。这就需要我们静下心来，去欣赏属于自己的风景。在这条路上，无论是曲折还是坎坷，都要去克服，因为只有努力人生才能向前。

就能到达璀璨的云端、蓝天的深处——我希望的顶峰。

母亲在世时也常说，希望将来年老的时候，不要太麻烦别人，宁可静静地离开这个世界。母亲去世时正住在妹妹那儿，她安详平静地告别人世，没有惊动任何人，事后才被人发现。我在临上台表演之前两小时听到母亲去世的噩耗，在此之前，我不曾得到任何母亲生病的消息，因此一点儿心理准备都没有。

“啊！这种时候，我还要上台表演吗？”我马上联想到自己也要死了。我

shēn shang de měi yí cùn jī ròu jī hū dōu xiǎng tòng kū chū
身上的每一寸肌肉几乎都想痛哭出
shēng kě shì wǒ jìng rán biǎo xiàn de hěn jiān qiáng dāng wǒ
声。可是，我竟然表现得很坚强。当我
zài tái shang biǎo yǎn shí méi yǒu yí gè guān zhòng zhī dào wǒ
在台上表演时，没有一个观众知道我
gāng tīng dào rú cǐ bú xìng de xiāo xi zhè diǎn lìng shā lì wén
刚听到如此不幸的消息，这点令莎莉文
lǎo shī hé wǒ dōu gǎn dào hěn ān wèi
老师和我都感到很安慰。

dàng tiān wǒ hái jì de yǒu yí wèi guān zhòng
当天，我还记得有一位观众
wèn wǒ nǐ jīn nián duō dà suì shu le
问我：“你今年多大岁数了？”

wǒ dào dǐ duō dà le ne wǒ bǎ zhè
“我到底多大了呢？”我把这
wèn tí duì zì jǐ wèn le yí biàn zài wǒ de gǎn jué
问题对自己问了一遍。在我的感觉
shang wǒ yǐ jīng hěn dà le dàn wǒ méi yǒu zhèng
上，我已经很大了。但我没有正
miàn dá fù zhè ge wèn tí zhǐ shì fǎn wèn dào yī
面答复这个问题，只是反问道：“依
nǐ kàn wǒ duō dà suì shu ne
你看，我多大岁数呢？”

guān zhòng xí shang bào chū yí zhèn xiào shēng
观众席上爆出一阵笑声。

rán hòu yòu yǒu rén wèn nǐ xìng fú ma
然后，又有人问：“你幸福吗？”

wǒ tīng zhè ge wèn tí yǎn lèi jī hū duó kuàng ér
我听这个问题，眼泪几乎**夺眶而**

chū kě hái shi qiáng rěn zhù le jǐn liàng píng jìng de huí dá
出，可还是强忍住了，尽量平静地回答：
shì de wǒ hěn xìng fú yīn wèi wǒ xiāng xìn shàng dì
“是的！我很幸福，因为我相信上帝。”

zuì hòu wǒ yào shuō suī rán wǒ de yǎn qián shì yí
最后，我要说，虽然我的眼前是一
piàn hēi àn dàn yīn wèi lǎo shī dài gěi wǒ de ài xīn yǔ xī
片黑暗，但因为老师带给我的爱心与希
wàng shǐ wǒ tà rù le sī xiǎng de guāng míng shì jiè wǒ
望，使我踏入了思想的光明世界。我
de sì zhōu yě xǔ shì yì dǔ dǔ hòu hòu de qiáng gé jué le
的四周也许是一堵堵厚厚的墙，隔绝了
wǒ yǔ wài jiè gōu tōng de dào lù dàn zài wéi qiáng nèi de shì
我与外界沟通的道路，但在围墙内的世
jiè què zhòng mǎn le měi lì de huā cǎo shù mù wǒ réng rán
界却种满了美丽的花草树木，我仍然
néng gòu xīn shǎng dào dà zì rán de shén miào wǒ de zhù wū
能够欣赏到大自然的神妙。我的住屋
suī xiǎo yě méi yǒu chuāng hu dàn tóng yàng kě yǐ zài yè
虽小，也没有窗户，但同样可以在夜
wǎn xīn shǎng mǎn tiān shǎn shuò de fán xīng
晚欣赏满天闪烁的繁星。

wǒ de shēn tǐ suī rán bú zì yóu dàn wǒ de xīn shì
我的身体虽然不自由，但我的心是
zì yóu de qiě ràng wǒ de xīn chāo tuō wǒ de qū tǐ zǒu xiàng
自由的。且让我的心超脱我的躯体走向
rén qún chén jìn zài xǐ yuè zhōng zhuī qiú měi hǎo de rén
人群，沉浸在喜悦中，追求美好的人
shēng ba
生吧！

派蒂，向前跑

杰克·坎菲尔马克·韩森

pài dì wēi ěr sēn zài nián yòu shí jiù bèi zhěn duàn chū
派蒂·威尔森在年幼时就被诊断出
huàn yǒu diān xián
患有癫痫（病，由脑部疾患或脑外伤等引起。发作时突
tā de fù qīn
然昏倒，全身痉挛，意识丧失，有的口吐泡沫）。她的父亲
jí mǔ wēi ěr sēn xí guàn měi tiān chén pǎo yǒu yì tiān dài
吉姆·威尔森习惯每天晨跑。有一天，戴
zhe yá tào de pài dì xìng zhì bó bó de duì fù qīn shuō
着牙套的派蒂兴致勃勃地对父亲说：
bà wǒ xiǎng měi tiān gēn nǐ yì qǐ màn pǎo dàn wǒ dān xīn
“爸，我想每天跟你一起慢跑，但我担心
zhōng tú huì bìng qíng fā zuò
中途会病情发作。”

tā fù qīn huí dá shuō wàn yī nǐ fā zuò wǒ yě
她父亲回答说：“万一你发作，我也

每个人的一生都不可能永远风平浪静，偶尔的一个浪花、一场暴雨似乎是为生活增添了一份坎坷与挫折。

知道如何处理。我们明天就开始跑吧。”

于是，十几岁的派蒂就这样与跑步结下了**不解之缘**。和父亲一起晨跑是她一天之中最快乐的时光。跑步期间，派蒂的病一次也没发作过。几个星期之后，她向父亲表示了自己的心愿：“爸，我想打破女子长距离跑步的世界纪录。”

当时，读高一的派蒂为自己制订了一个长远的目标：“今年我要从橘县跑到旧金山（400英里）；高二时，要到达俄勒冈州的波特兰（1 500多英里）；高三时

de mù biāo shì dào shèng lù yì shì yuē yīng lǐ gāo
的目标是到圣路易市（约2 000英里）；高
sì zé yào xiàng bái gōng qián jìn yuē yīng lǐ
四则要向白宫前进（约3 000英里）。”

suī rán pài dì de shēn tǐ zhuàng kuàng yǔ tā rén bù
虽然派蒂的身体状况与他人不
tóng dàn tā réng rán mǎn huái rè qíng yǔ lǐ xiǎng duì tā ér
同，但她仍然满怀热情与理想。对她而
yán diān xián zhǐ shì ǒu ěr gěi tā dài lái bú biàn de xiǎo máo
言，癫痫只是偶尔给她带来不便的小毛
bìng tā méi yǒu yīn cǐ ér xiāo jí wèi suō xiāng fǎn de tā gèng
病。她没有因此而消极**畏缩**，相反地，她更
zhēn xī zì jǐ yǐ jīng yōng yǒu de
珍惜自己已经拥有的。

gāo yī shí pài dì chuān zhe shàng miàn xiě zhe wǒ
高一时，派蒂穿着上面写着“我
ài diān xián de chèn shān yí lù pǎo dào le jiù jīn shān
爱癫痫”的衬衫，一路跑到了旧金山。
tā fù qīn péi tā pǎo wán le quán chéng zuò hù shì de mǔ qīn
她父亲陪她跑完了全程，做护士的母亲
zé kāi zhe lǚ xíng tuō chē wěi suí qí hòu zhào liào tā men fù
则开着旅行拖车尾随其后，照料他们父
nǚ liǎng rén
女两人。

gāo èr shí tā shēn hòu de zhī chí zhě huàn chéng le
高二时，她身后的支持者换成了
bān shang de tóng xué tā men ná zhe jù fú de hǎi bào wèi tā
班上的同学。他们拿着巨幅的海报为她
jiā yóu dǎ qì hǎi bào shang xiě zhe pài dì xiàng qián
加油打气，海报上写着：“派蒂，向前

pǎo a zhè jù huà hòu lái yě chéng wéi tā zì zhuàn
跑啊！”（这句话后来也成为她自传
de shū míng dàn zài zhè duàn qián wǎng bō tè lán de lù
的书名）。但在这段前往波特兰的路
shang tā niǔ shāng le jiǎo huái yī shēng quàn gào tā lì
上，她扭伤了脚踝。医生劝告她立
kè zhōng zhǐ pǎo bù nǐ de jiǎo huái bì xū shàng shí
刻**中止**跑步：“你的脚踝必须上石

gāo fǒu zé huì zào chéng yǒng jiǔ de shāng hài
膏，否则会造成永久的伤害。”

tā huí dá yī shēng nǐ bù liǎo jiě pǎo bù bú
她回答：“医生，你不了解，跑步不
shì wǒ yì shí de xìng qù ér shì wǒ yí bèi zi de zhì ài
是我一时的兴趣，而是我一辈子的**至爱**。
wǒ pǎo bù bù dān shì wèi le zì jǐ tóng shí yě shì yào xiàng
我跑步不单是为了自己，同时也是要向
suǒ yǒu rén zhèng míng shēn yǒu cán quē de rén zhào yàng néng
所有人证明，身有残缺的人照样能
pǎo mǎ lā sōng yǒu shén me fāng fǎ néng ràng wǒ pǎo wán zhè
跑马拉松。有什么方法能让我跑完这
duàn lù yī shēng biǎo shì kě xiān jiāng shòu sǔn chù jiē hé
段路？”医生表示可先将受损处接合，
ér bú yòng shàng shí gāo dàn tóng shí jǐng gào pài dì shuō zhè
而不用上石膏；但同时警告派蒂说，这
yàng huì qǐ shuǐ pào dào shí huì téng tòng nán nài pài dì èr
样会起水疱，到时会疼痛难耐。派蒂二
huà méi shuō biàn diǎn tóu dā ying le
话没说便点头答应了。

pài dì zhōng yú lái dào bō tè lán é lè gāng zhōu
派蒂终于来到波特兰，俄勒冈州
zhōu zhǎng hái péi tā pǎo wán zuì hòu yì yīng lǐ yí miàn xiě zhe
州长还陪她跑完最后一英里。一面写着
hóng zì de héng fú zǎo zài zhōng diǎn děng zhe tā chāo
红字的横幅早在终点等着她——“超
jí cháng pǎo nǚ jiàng pài dì wēi ěr sēn zài suì shēng rì
级长跑女将，派蒂·威尔森在17岁生日
zhè tiān chuàng zào le huī huáng de jì lù
这天创造了辉煌的纪录”。

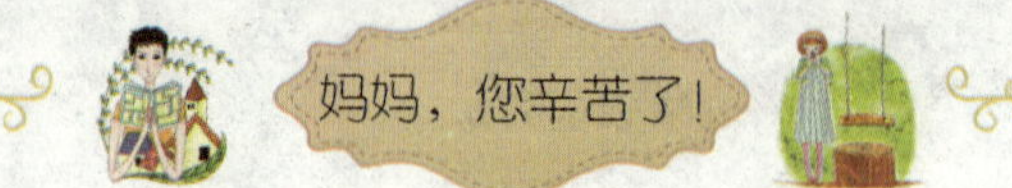

gāo zhōng de zuì hòu yì nián pài dì huā le sì gè yuè
高中的最后一年，派蒂花了四个月
de shí jiān yóu xī àn cháng zhēng dào dōng àn zuì hòu dǐ
的时间，由西岸长征到东岸，最后抵
dá huá shèng dùn bìng jiē shòu zǒng tǒng de jiē jiàn tā gào
达华盛顿，并接受总统的**接见**。她告
su zǒng tǒng wǒ xiǎng ràng qí tā rén zhī dào diān xián bìng
诉总统：“我想让其他人知道，癫痫病
huàn zhě yǔ yì bān rén wú yì yě néng guò zhèng cháng de
患者与一般人无异，也能过正常的
shēng huó
生活。”

给自己树一面旗帜

一 哲

zài lǎo shī yǎn li tā shì yí gè lìng rén tǎo yàn de xué
在老师眼里，他是一个令人讨厌的学
sheng tā táo kè qī fu dī nián jí xué sheng gǎo è zuò
生。他逃课，欺负低年级学生，搞**恶作**
jù kě yǐ shuō shì huài shì zuò jìn lǎo shī men sī xià
剧……可以说是坏事做尽。老师们私下
tí qǐ tā zǒng huì shuō
提起他，总会说：
zhè ge hái zi yí qiè dōu
“这个孩子，一切都
zāo tòu le jiāng lái néng zuò
糟透了，将来能做
shén me ne
什么呢？”

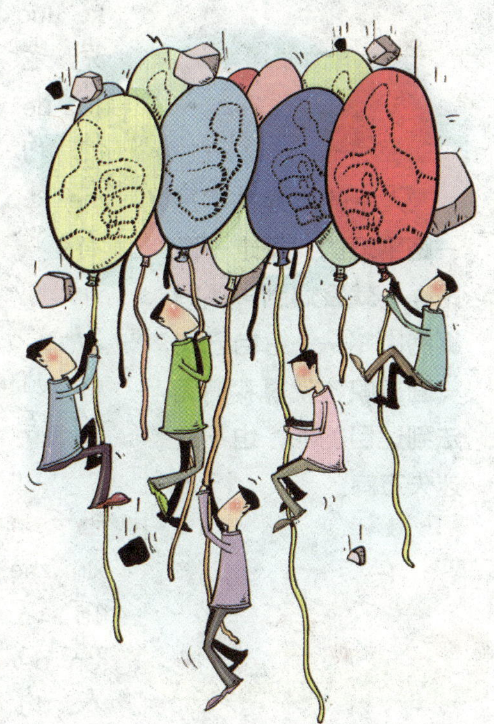

qí shí tā bìng bú
其实，他并不
shì yí qiè dōu zāo tòu le
是一切都糟透了，
tā de zuò wén xiě de hěn
他的作文写得很
hǎo fēng fù de xiǎng
好。丰富的想

象、优美的语言让人不敢相信是这个坏孩子写的。但是，这仅有的一点儿亮点被他那些糟糕的行为**遮掩**了，没有人对他说一句赞赏的话，直到他遇见巴拉克老师。巴拉克老师从他的文章中发现他有着跨越时空的想象力，有着与年龄不相称的语言**驾驭**（使服从自己的意志而行动）能力。巴拉克相信这个孩子有成为诗人的**天赋**（自然赋予；天资）。

成长悟语

人生的旅程并不是一路平坦的。每走一段路程，就会遇到一条崎岖的山路——给自己树一面旗帜，就算我们无法到达目的地，也不会迷失方向。

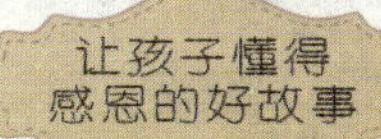

kě shì gāi zěn yàng jī lì zhè ge hái zi ne bā lā kè zài
可是，该怎样激励这个孩子呢？巴拉克在
tā de yì piān zuò wén de píng yǔ zhōng xiě dào hái zi nǐ
他的一篇作文的评语中写道：孩子，你
yí dìng néng chéng wéi xiàng gē dé yí yàng wěi dà de shī rén
一定能成为像歌德一样伟大的诗人。

kàn dào lǎo shī de píng yǔ tā jīng dāi le yào zhī dào
看到老师的评语，他惊呆了：要知道
gē dé shì quán shì jiè dōu yǒu míng de shī rén shì zhěng gè dé
歌德是全世界都有名的诗人，是整个德
guó de jiāo ào zì jǐ néng chéng wéi nà yàng wěi dà de ma rén
国的骄傲，自己能成为那样伟大的吗人？
tā zhǎo dào bā lā kè lǎo shī wèn wǒ zhēn de néng chéng wéi
他找到巴拉克老师问：“我真的能成为
gē dé nà yàng wěi dà de shī rén ma
歌德那样伟大的诗人吗？”

bā lā kè fǔ mó zhe tā de tóu shuō shì de nǐ
巴拉克**抚摩**着他的头说：“是的，你
néng bú guò yǒu yì tiáo nǐ yào jì zhù yào xiǎng xiàng gē
能！不过，有一条你要记住，要想像歌
dé yí yàng wěi dà nǐ bì
德一样伟大，你必
xū xiàng gē dé xué xí
须向歌德学习。”

nà gē dé shì zěn
“那歌德是怎
me zuò de ne tā wèn
么做的呢？”他问。

gē dé rè ài xué
“歌德热爱学

xí shàng kè zhuān xīn tīng jiǎng
习，上课专心听讲，
cóng bù qī fu bié ren cóng bú
从不欺负别人，从不
huì zhuō nòng bié ren tā hé
会捉弄别人，他和
shàn yǒu ài bā
善、**友爱**……”巴
lā kè lǎo shī hěn rèn zhēn
拉克老师很认真
de jiǎng zhe tā tīng de
地讲着。他听得
hěn tóu rù zhè shì tā
很投入，这是他
dì yī cì zhè me zhuān zhù de tīng lǎo shī jiǎng huà
第一次这么专注地听老师讲话。

cóng cǐ yǐ hòu tā xiàng biàn le gè rén lǎo shī shuō
从此以后，他像变了个人：老师说
gē dé wén míng tā jiù méi yǒu zài shuō guo yí jù zāng huà
歌德文明，他就没有再说过一句脏话；
lǎo shī shuō gē dé shàng kè zhuān xīn tīng jiǎng tā rèn zhēn tīng
老师说歌德上课专心听讲，他认真听
jiǎng de chéng dù chāo guò le rèn hé yí gè xué sheng lǎo shī
讲的程度超过了任何一个学生；老师
shuō gē dé qín fèn xiě zuò yì xué qī xià lái tā xiě le mǎn
说歌德勤奋写作，一学期下来，他写了满
mǎn dà běn de wén zhāng lǎo shī shuō gē dé yǒu shàn tā
满6大本的文章；老师说歌德友善，他
jiù zhǔ dòng qù bāng zhù zhí rì shēng dǎ sǎo wèi shēng gē
就主动去帮助值日生打扫卫生……歌

dé chéng le shù lì zài tā xīn zhōng de yí miàn piāo yáng de
德成了树立在他心中的一面飘扬的

qí zhì zhè miàn qí zhì yǐn lǐng zhe tā qù nǔ lì zuò hǎo yì
旗帜。这面旗帜**引领**着他去努力做好一

diǎn yì dī yǐn lǐng tā qián jìn tā yíng dé le lǎo shī de zàn
点一滴，引领他前进。他赢得了老师的赞

shǎng yíng dé le tóng xué de zūn zhòng hé yǒu yì zhè ràng
赏，赢得了同学的尊重和友谊，这让

tā duì zì jǐ chōng mǎn le xìn xīn jīng guò duō nián de nǔ
他对自己充满了信心。经过多年的努

lì tā xiě chū le běi hǎi jì yóu dé guó yí gè dōng
力，他写出了《北海记游》、《德国，一个冬

tiān de tóng huà děng xǔ duō zài dé guó hé shì jiè wén xué jiè
天的童话》等许多在德国和世界文学界

huò dé jù dà shēng yù de
获得巨大声誉的

zuò pǐn tā yě yīn cǐ bèi
作品，他也因此被

gōng rèn wéi dé guó wén xué
公认为德国文学

shǐ shang jì gē dé zhī hòu
史上继歌德之后

zuì wěi dà de shī rén
最伟大的诗人。

tā jiù shì hǎi niè
他，就是海涅。

chéng míng zhī hòu de
成名之后的

hǎi niè gěi dāng nián gǔ lì
海涅，给当年鼓励

tā de bā lā kè lǎo shī xiě le yì fēng gǎn xiè xìn shì nǐ gěi
他的巴拉克老师写了一封感谢信：是你给

le wǒ yí miàn qí zhì ràng wǒ zài qián jìn de lù shang yǒu
了我一面旗帜，让我在前进的路上有

le fāng xiàng hé mù biāo ràng wǒ dǒng dé gāi rú hé qù zuò
了方向和目标，让我懂得该如何去做，

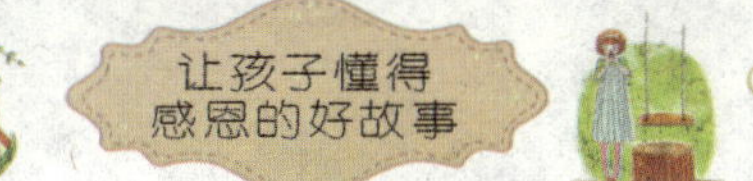

bì miǎn le wǒ zài hēi àn zhōng mí shī
避免了我在黑暗中迷失……

zài zì jǐ de xīn li wèi zì jǐ shù lì qǐ yí miàn piāo
在自己的心里为自己树立起一面飘
yáng de qí zhì ràng zì jǐ yōng yǒu zhèng què de fāng xiàng hé
扬的旗帜，让自己拥有正确的方向和
mù biāo bù jǐn shì hé shī rén hǎi niè yě shì hé wǒ men měi
目标，不仅适合诗人海涅，也适合我们每
yí gè rén yě xǔ wǒ men bù néng xiàng zì jǐ xīn zhōng nà
一个人。也许我们不能像自己心中那
qí zhì xìng de rén wù yí yàng qǔ dé jù dà de chéng jiù huò
旗帜性的人物一样取得巨大的成就，获
dé chóng gāo de róng yù dàn yǒu le zhèng què de fāng xiàng
得崇高的荣誉，但有了正确的方向
hé mù biāo wǒ men de rén shēng jiù bú huì píng yōng bú huì
和目标，我们的人生就不会**平庸**，不会
àn dàn wú guāng
暗淡无光。

行走在人生的道路上，仿佛在海上航行，如果我们失去了方向，轻则迷途，重则葬身大海。只有遵循了正确的方向，才能到达自己梦想的彼岸。此处语言描写生动形象，感人肺腑，发人深思。

敬启

本书的编选参阅了一些报刊和著作，由于多种原因我们未能与部分入选文章作者（或译者）取得联系，在此深表歉意。敬请原作者（或译者）见到本书后，及时与我们联系，我们将按国家有关规定支付稿酬并赠送样书。

联系方式:
地址：黑龙江省哈尔滨市
香坊区汉水路110号
邮编：150090
联系人：崔一子
电话：0451-55174988